KB002628

온후 판타지 장편소설

WISHBOOKS FANTASY STORY

전장의 화신

전장의 화신 7

온후 판타지 장편소설

초판 1쇄 찍은 날 | 2017년 9월 8일
초판 1쇄 펴낸 날 | 2017년 9월 15일

지은이 | 온후
펴낸이 | 예경원

기획 | 위시북스
편집책임 | 이규재
편집 | 이즈플러스

펴낸곳 | 예원북스
등록번호 | 제396-2012-000132호
등록일자 | 2012. 7. 25
KFN | 제1-146호

주소 | 경기도 고양시 일산동구 호수로 646-24 위너스21 II 빌딩 206A호 (우)10401
전화 | 031-819-9431 팩스 | 031-817-9432
E-mail | yewonbooks@naver.com

ISBN 979-11-6098-438-5 04810
979-11-6098-099-8 (set)

※ 이 도서의 국립중앙도서관 출판시도서목록(CIP)은 서지정보유통지원시스템 홈페이지(http://seoji.nl.go.kr)와 국가자료공동목록시스템(http://www.nl.go.kr/kolisnet)에서 이용하실 수 있습니다.

온후 판타지 장편소설

WISHBOOKS FANTASY STORY

전장의 화신

7

전장의
화신

CONTENTS

36장
악령군주

모든 천마의 신도에게 히아신스는 제거해야 할 대상 1위다.

알렉산드로처럼 강한 것도 아니면서 영향력만 높으니 그들에겐 정말 알맞은 사냥감이었다.

그것을 태양 길드도 모르는 바는 아니다.

당연히 히아신스를 중심으로 인원이 편성되었고, 그 덕에 다른 곳들에 구멍이 숭숭 뚫렸다.

"히아신스, 너 하나 때문에 많은 이가 죽고 있다. 지금이라도 인원을 돌려야 한다는 생각은 하지 않는 것이냐?"

레논이 아픈 부분을 콕 집어서 말했다.

하지만 히아신스도 딱히 명령을 내린 것은 아니었다.

태양 길드 그리고 그들 형제자매에게 인장의 힘은 절대적으로 작용한다. 인장의 인력에 영향을 받도록 정신과 육체가 반쯤 개조되는 탓이다.

히아신스는 가장 많은 인장을 가지고 있고 태양 길드의 길드원들은 저도 모르는 사이에 히아신스를 지키는 방향으로 진을 짠 것이었다.

레논도 그것을 알지만 굳이 집어서 말한 건 히아신스를 흔들기 위함이었다.

히아신스는 슬쩍 눈을 돌려 무영을 바라봤다.

무영은 말이 없었다.

하지만 히아신스에게 있어서 지금은 세상 누구보다 든든한 사람이었다.

그만 곁에 있으면 무서울 게 무엇이 있으랴.

"좋아요. 가령을 사냥하고 정수를 모으는 데 집중하죠. 천마의 사도도 그렇게 많은 숫자는 아닌 것 같으니까요."

히아신스는 대열을 바꿨다.

너무나 손쉽게 허락하자 레논의 표정이 굳었다.

'이것 봐라?'

예전이라면 몰아붙이는 순간 하얗게 질리며 굳었어야 한다. 머리를 푹 숙인 채 입을 꾹 닫아야 정상이다.

한데 지금은 전혀 다르다. 아예 다른 사람이라도 된 것 같다.

마냥 어렸던 소녀가 레논의 눈을 똑바로 쳐다보고 있었다.

지지 않겠다는 듯이.

'이대로는 안 된다.'

역시 옆에 있는 놈이 문제다.

무영. 저놈이 옆에 있으니 히아신스가 변하고 있다. 이대로 히아신스가 권력에 눈독을 들이게 된다면 태양 길드가 사지분열될 가능성이 충분히 있었다.

'놈을 반드시 죽여야 해.'

살심이 솟구치는 걸 억지로 막았다.

하지만 이상한 일이었다.

지금쯤이면 무영은 사라졌어야 옳다.

하나 닌자들이 움직이는 낌새는 전혀 없었다.

'유카는 대체 뭘 하는 거지?'

오오츠키 유카.

닌자들의 주인이며 여제라고 불리는 여인.

서른 중반대의 농염한 미모와 몸의 소유자였다.

그녀가 눈앞에 당도한 남자를 살짝 당황하며 바라봤다. 한없이 무표정하고 차가웠다. 마치 감정이 없는 것만 같았다.

"당신은 누구죠?"

평소라면 있을 수 없는 일이 벌어졌다.

여제가 먼저 말을 걸다니.

하물며 이곳은 지하 깊숙한 곳이었다. 몇 겹의 안전장치와 무수히 많은 위장으로 닌자가 아니면 결코 도달할 수 없는 장소였다.

그곳에 닌자가 아닌 남자가 나타났다.

유유자적. 마치 산책이라도 나온 듯하다.

하지만 그의 뒤에는 마찬가지로 닌자들이 있었다.

닌자들?

아니…….

'언데드.'

유카는 정정했다. 과거엔 닌자였으나 지금은 언데드가 되어버린 군상이다.

남자의 눈이 유카에게 처음으로 향했다.

그러자 유카는 전율할 수밖에 없었다.

남자는 죽음을 몰고 다닌다.

남자는 사신이었다. 어쩌면 죽음 그 자체일 수도 있고.

이만한 사내, 본적이 없다. 대적할 수 있다면 살수림의 웡청린 정도일까.

누군가를 재단하고 진면목을 보는 눈에 있어서 유카는 스스로가 최고라고 자부한다. 그러니 이 느낌은 결코 착각이 아닐 것이다.

"무영."

남자가 처음으로 입을 열었다.

무영. 무영.

'들어본 적 없어.'

아무리 되뇌어도 기억에 없다.

저런 특이한 이름이라면 기억이 날 법한데도.

말인즉, 무영은 외부적인 활동을 여태껏 하나도 안 했다는 뜻이다. 아니라면 저만한 강자가 하늘에서 뚝 떨어질 리는 없으므로.

"원하는 게 뭐죠? 전쟁?"

유카의 주변으로는 500이 넘는 닌자가 숨어 있다.

하물며 유카 역시 가장 뛰어난 닌자 중 하나다.

제아무리 무영이 강하다고 하더라도 이곳은 호랑이 굴이다. 지지 않을 자신이 있었다.

하지만 이 기묘한 느낌은 뭐란 말인가.

건드리면, 그 순간 잡아먹힐 것만 같은…….

툭!

무영이 바닥에 표창 한 자루를 던졌다.

그것을 본 유카의 눈이 더할 나위 없이 커졌다.

"이, 이걸 어떻게?"

"개입하지 마라, 오오츠키 유카."

무영이 조용히 말했다.

'닌자도'란 글자가 한자로 새겨진 표창.

표창은 초대 닌자왕이라 불린 자의 유품이었다.

이 표창이 있으면 닌자들은 그 상대를 공격할 수 없다. 태양 길드의 인장과 비슷한 것이었다.

본래는 레논에게 있어서 손도 대지 못하고 있었건만.

"이걸 전하러 온 건가요? 그렇다면 멍청하군요. 닌자도를 갖고 있으면 저희가 어쩌지 못한다는 걸 모르진 않을 텐데."

직접 훔쳐서 주인에게 가져다줄 정도면 이미 알고 있다고 보는 게 옳다. 굳이 전하러 왔다면 정말 순해빠진 거다.

하지만 무영은 순함과는 거리가 먼 듯싶었다.

대체 무슨 이유로?

"웡 청린에게 복수하고 싶나?"

"……!"

유카의 눈이 화등잔만 하게 커졌다.

웡 청린.

그 이름을 무영이 어찌 안단 말인가!

살수림을 다스리는 수장의 이름을 아는 자는 마계에서도 손에 꼽는다. 유카도 그중 하나였다. 다만, 좋은 의미로 알고 있지는 않았다.

복수!

초대 닌자왕을 죽인 남자에 대한 열렬한 복수심뿐이었다.

하지만 그 사실 역시 웡 청린과 자신만 알고 있어야 할 것이었다.

"그 이야기를, 누구한테, 들었죠?"

스스로 말했을 리는 없다.

관계자. 웡 청린의 지근거리에 있는 사람이 분명하다.

유카가 슬며시 발을 한 발자국 뺐다. 발을 위로 드는 순간,

500명의 닌자가 무영을 한 번에 공격할 터.
"닌자왕 본인에게 직접."
"그게 무슨 헛소리……."
"신성 도시 뮬라란. 그곳 지하에 갇혀 있다. 정확히 말하자면 스스로를 그곳에 가뒀지."
유카의 미간이 좁혀졌다.
닌자왕은 웡 청린에게 죽었다. 유카 본인이 직접 보았다.
한데 아니라니.
말도 안 되는 이야기다.
하지만 무영의 말은 사실이었다.
지금은 아니지만 회귀하기 전 뮬라란의 지하 감옥에서 그를 본 적이 있었다.
정신착란과 웡 청린에 대한 두려움으로 살아가던 남자.
그곳에서 그를 발견한 건 정말 우연이었다.
암살을 위해 위장 잠입하여 일부로 지하 감옥에 갇혔는데 같은 옥을 쓰게 될 줄 누가 알았겠는가.
"웡 청린에 대한 복수는 너만 바라는 게 아니다."
오오츠키 유카는 이성적인 닌자였다.
계산이 빠르고 모험을 하지 않는다.
다만, 적이 되면 귀찮다.
서로의 목표가 비슷한데 굳이 적대할 이유도 없었다.
유카가 무영의 눈을 바라보았다.

그 복수심의 진위가 진짜인지 확인하기 위함이다. 그리고 터지기 직전의 활화산을 보았다. 세상에서 가장 거대하고 폭력적인 그것이 남자의 이성에 의해 간신히 터지지 않고 있었다.

무영은 아타락시아가 사용하던 수법, 전음으로 한 가지 단어를 유카에게 더 보냈다.

–후앙.

"……!"

후앙. 닌자왕이 어렸을 적 유카를 부를 때 되뇌던 애칭이다. 오로지 그만 알고 있는 사실을 남자가 안다.

'선대가 정말 살아 있단 말인가!'

유카가 몸을 가늘게 떨었다.

남자, 무영의 말이 사실이라면 이곳에서 지체할 시간 따윈 없었다.

당장 뮬라란으로 떠나야 한다.

그러기 위해선…… 이 시련을 완료해야만 했다.

뚜벅!

무영은 더 이상의 답을 듣지 않아도 된다는 듯 무심하게 떠나갔다. 여제라 불리던 천하의 유카조차 그 뒷모습을 멍하니 지켜볼 수밖에 없었다.

무영은 작게 미소 지었다.

유카는 굳이 무영이 거래를 내밀지 않아도 알아서 시련을 완료하고자 움직일 것이었다.

사도가 되진 않는다. 여제의 자존심은 강하고 다른 신을 섬길 리도 없었다.

사령세가 혹은 월하의 방해쯤은 될 수 있으리라.

'사실을 확인하기 전까지 그녀는 나를 건드릴 수 없다.'

무영의 힘을 간략하게나마 보았다. 느꼈다.

하물며 무영만이 아는 사실도 그녀를 껄끄럽게 만들었다.

휘하의 닌자 50명을 죽였대도 마찬가지다.

유카는 이성적이고 계산이 빠른 여자다. 무영을 적대하는 것보다 놔두는 게 자신에게 훨씬 득이 되리란 걸 알 터.

어쨌건 선전포고는 끝났다.

닌자도를 돌려줬으니 더 이상 닌자들이 방해하진 않을 것이었다.

"화룡 기사단과 레논을 쳐라."

스스슥.

오십여 명의 닌자가 하나의 목표를 위해 움직였다.

그들의 뒤를 보며 무영은 주먹을 으스러지게 쥐었다.

'웡 청린에 대한 복수는 온전히 내가 할 것이다.'

원했다면 살짝 사실을 왜곡해 유카에게 웡 청린을 치도록 만들 수도 있었다. 웡 청린이 만들어놓은 기지들을 무영은 전부 파악하고 있었으니.

하지만 그러지 않았다.

다른 누구에게도 이것만큼은, 이 복수만은 양보 못 한다.

화룡 기사단도, 레논도 사람이다.

볼일을 보고, 먹고, 생활할 수밖에 없는 인간.

정예라 불리는 이들조차 하루 종일 긴장감을 고조시켜 놓을 순 없었다.

그리고 그 작은 방심이 목숨을 앗아갔다.

닌자들은 무영의 지시에 따라 작은 부분부터 화룡 기사단을 집어삼켰다.

누군가에게 습격받고 있다는 사실을 그들은 두 시간 뒤에나 알게 되었다

"일곱 명이 죽고 두 명은 실종됐습니다."

쾅!

"그게 말이 된단 말이냐!"

레논이 땅을 박차며 이를 갈았다.

'유카, 그년이!'

그리고 습격한 대상이 닌자라는 것도 알았다.

설마 유카가 뒤통수를 칠 줄이야!

혹시 몰라서 닌자도를 찾았다. 있긴 있으나 그게 위조품이라는 걸 깨닫기까지 시간이 걸렸다.

'내 물건을 훔쳐가? 감히!'
"경계를 게을리 하지 말고 나를 따라와라. 지금부터 닌자를 토벌하겠다!"
빠드득!
유카. 그녀이 있을 장소가 어딘지 레논은 이미 파악해 놨다. 레논의 성격상 이대로 당하고 있을 수만은 없었다.

유카도 레논이 곧 쳐들어올 것임을 알았다. 그녀라고 미리 정보망을 펼쳐 놓지 않았겠는가?
레논은 텅 비어버린 지하만 보게 되었다.
이어 뒤를 돌아서 돌아가려는 찰나, 레논은 자신의 눈을 의심할 수밖에 없었다.
철컹!
철컹!
수백의 강시가 나타났다.
적강시와 흑강시들이 골고루 섞여 있었다.
그리고 그 중심에 한 데스나이트가 있었다.
데스나이트가 손짓하자 강시들이 레논과 화룡 기사단을 순식간에 감쌌다.
"사도가 아닌 자들. 죽음으로 답하라."
데스나이트가 말했다.
레논이 급히 막아섰지만 열 합을 버티지 못했다.

'강하다!'

정교한 검술. 빠른 경신술까지. 천마의 힘으로 강화되어 힘 대결에서도 밀린다.

레논조차 겨우 막아내는 게 전부였다.

"끄아아악!"

"다, 단장님!"

그러는 사이 화룡 기사단은 철저하게 분해되고 있었다.

숫자도 밀리지만 강화된 강시들을 당할 수가 없었다.

단원들이 단장을 불렀지만 레논은 답하지 못했다.

촤악!

레논의 머리가 허공에 떠올랐다.

그의 눈엔 경악만이 가득했다.

이처럼 허무하게 목숨을 내어줄 줄이야.

하지만 레논을 죽인 데스나이트는 무감정하기만 하였다.

마치 벌레를 죽인 것처럼. 당연하게만 여겼다.

그저 조용히 무릎을 꿇고 하늘에 맹세할 따름이었다.

공허한 눈에 보랏빛이 맴돌며 수많은 악령이 악귀가 되어 달라붙었다.

하늘에서 천마의 빛이 내려왔고 죽은 이들의 영혼을 타칸이 흡수하였다.

"천마의 은총으로 충실한 종인 타칸이 죽음을 바치나이다."

곧이어 화룡 기사단이 전멸했다.

휘광 길드는 가장 거대한 아홉 길드 중 한 곳으로 평가받는 곳이다. 대도시에 자리 잡고 있으며 김태환의 소속이기도 한 장소.

"전투의 흔적이 있군."

그곳에 도착하자 무수히 많은 전투의 흔적만이 남아 있었다.

그러나 시체는 한 구도 없었다.

'기이한 기운.'

우- 우-

무영이 이끄는 망령들이 기분 나쁜 울음을 토해냈다.

망령과 비슷하되 다른 사이한 기운이 주변에 흩뿌려져 있었다.

"대체 무슨 일이 있었던 걸까요?"

히아신스가 심각한 표정으로 말했다.

레논과 화룡 기사단이 사라지고 한 차례 흔들릴 뻔한 위기가 있었지만 그래도 태양 길드는 아직까진 건재하다.

고작 그 정도로 무너졌다면 최강의 길드라고 불릴 리 없었다.

"사령세가. 놈들이 이곳을 공격했다."

사이한 기운의 정체는 바로 사령세가 특유의 것이었다.

말인즉, 사령세가가 혹은 천마의 신도들이 이곳을 덮쳤다는 의미.

'놈들은 계속해서 불어난다.'

결코 가벼이 넘겨선 안 되는 일이다.

벌써 휘광 길드만 한 집단이 당했다면 천마의 신도를 자처하는 이들이 우후죽순 늘어나는 건 시간문제였다.

하지만 '영향력이 큰 10인'의 순위는 변하지 않았다. 휘광 길드의 길드 마스터 '바하무드'는 아직 건재하다는 뜻이다.

잠시 후 탐색 관련 스킬을 가진 사람들이 튀어나와 주변을 조사하기 시작했다.

곧이어 주변을 탐색하던 이들 중 하나가 외쳤다.

"대규모로 이동한 흔적을 찾았습니다!"

땅의 기억을 조금씩 훑어보던 탐색자였다.

그의 눈이 청광색으로 변하며 레이더처럼 주변 땅을 훑어보고 있었다.

모두가 다가오자 그가 설명했다.

"이곳으로 오천에 달하는 인원이 움직였습니다. 정확히 남서쪽을 향해서요."

"오천 명이나요? 혹시 움직인 이들이 휘광 길드인가요?"

히아신스가 묻자 남자가 고개를 저었다.

"그것까진 확실히 모르겠습니다."

땅의 기억을 훑는다고 하더라도 만능은 아니다. 대략적인 구성밖에 엿볼 수 없다.

그래도 오천 명의 움직임을 측정했으니 탐색자로서 훌륭

하다 할 만했다.

"남서쪽이면 하늘 도서관이 있는 곳 아닌가요?"

"투기장도 그곳에 있습니다."

"휘광 길드라면 저희와 같은 생각을 했을 거예요. 바하무드는 그렇게 막무가내인 사람이 아니니까요. 굳이 하늘 도서관으로 향할 이유가 없어요."

히아신스는 이마를 손가락으로 톡톡 때렸다.

놀라운 일이지만 히아신스는 날마다 성장하고 있었다.

전장이라는 특수성 그리고 억압된 상황에서 해방되자 두 개가 시너지 효과를 일으킨 모양이었다.

"투기장으로 향한 무리가 사령세가일 가능성이 높겠군요. 어쩌면 우려가 현실이 될 수도 있겠네요."

"우려라 하시면?"

"이틀 뒤, 푸른 사원의 게이트가 열리는 날입니다. 다들 알고 계시겠죠?"

"아……!"

탐색자가 그제야 깨달았다는 듯 고개를 크게 주억거렸다.

무영도 마찬가지다. 전혀 생각하지 못하고 있었다.

천마의 시련, 천마의 영역화가 되어서 사원의 연결도 끊긴 줄 알았다.

하지만 평소처럼 새로운 인물들이 게이트를 통해 넘어온다면?

'몰살.'

그만큼 사령세가의 힘은 더 커질 것이다. 천마의 사도들도 사냥을 함에 있어 더욱 큰 보상을 얻어 강화될 것이고.

다만, 한 가지 확실한 건 이맘때쯤 등장하여 성장한 영웅이 많았다.

무영이 도착하고 1년 뒤 게이트를 넘어왔던 대표적인 영웅이…….

'산의 군주 붐바르!'

그 역시 용군주와 마찬가지로 혁명을 일으켰던 남자다.

산의 힘을 다루는 그가 게이트를 넘어올 가능성이 조금이라도 있는 이상, 그대로 죽게 놔두긴 아까웠다.

"투기장으로 가야 한다."

무영이 짧게 읊조렸다.

히아신스도 생각이 다르진 않은 듯싶었다.

만약, 이 싸움이 길어질 경우 푸른 사원과 연결된 게이트가 유일한 구원책이 될 수도 있는 탓이다.

적은 계속 늘어난다.

아군은 계속 줄어든다.

비록 막 도착해서 약하다고 하지만, 전장은 빠르게 강해질 수 있는 지름길이다. 적당한 원조와 도움을 주면 순식간에 성장해 힘이 되어줄 터.

혹시 수성을 해야 할 경우가 생긴다면 그곳만큼 적을 막기

용이한 곳도 얼마 없었다.

하늘 도서관과도 가까워서 공격을 가기에도 좋다.

"투기장으로 이동하겠습니다."

그런 곳을 빼앗길 순 없었다.

무영은 본신의 힘을 숨기지 않았다.

상대가 악귀라면 더한 미친 악귀처럼 날뛰었다. 투기장을 점거한 사령세가와 싸울 때도 마찬가지였다.

죽은 자들은 시체술사에게 조종당하는 강시가 되었고, 천마의 사도들 역시 많았다.

사령세가의 인원 천 명 정도를 합치면 대략 오천이 되는 상황.

하나 태양 길드와 비교하면 조족지혈. 질과 양 모두 상대가 안 된다.

"천마의 은총이여!"

"이 천한 목숨을 천마께 바치나이다!"

그러자 놈들이 택한 건 자폭이다. 몸을 날려 폭탄처럼 행동했다.

지리적 이점을 활용해 수성을 하자 여간 골치가 아팠다.

하여 무영 역시 무자비한 정면 돌파를 택했다.

'가시화.'

전신에서 가시가 솟는다. 비록 민첩이 낮아지지만 방어력은 대폭 상승하는 기술.

귀족 악마를 사냥하고 얻은 스킬이었다.

〈물리 저항이 200 상승했습니다.〉

〈마법 저항이 150 상승했습니다.〉

〈민첩이 60%(235) 하락합니다.〉

안 그래도 무영은 마법 저항이 엄청나게 높은 편이다.

10강 정도의 강자가 아니고선 마법 저항이 400을 넘기는 인류는 얼마 없었다.

한데 가시화 스킬을 사용함으로써 500을 훌쩍 넘겨 600에 다다랐다. 정말 어지간한 스킬이 아니고선 무영에게 타격을 주는 게 불가하다.

물리적인 공격 역시도 통하지 않았다.

그 상태 그대로 무영은 돌격해 길을 만들었다.

"정말 사람이 아니로군."

"스킬이 몇 개야?"

모두가 무영을 보곤 혀를 내둘렀다.

전투가 있으면 무영은 달려갔다.

싸움에 미친 악귀 그 자체.

〈영향력 순위가 격상했습니다.〉

〈10위(500점) —〉 9위(1,000점)〉

〈천마가 규칙을 변형합니다. 앞으로 이틀간 신도들이 얻는 점수가 두 배가 됩니다.〉

변화가 생겼다.

천마의 개입.

설마 규칙마저 새로이 정립할 줄이야.

'급한 놈이군.'

무영은 혀를 차며 주변에 얼음 결정화를 둘렀다.

쾅! 콰콰쾅!

결정들이 이내 흔들리며 터져 나가기 시작했다. 순식간에 주변 신도들이 휩쓸렸다.

하지만 무영은 멀쩡했다.

'600의 마법 저항이라.'

이만한 수치는 과거에도 가져본 적이 없었다. 비록 스킬의 도움이 있었다지만 새로운 세계를 접한 기분이었다.

입구를 막던 놈들이 정리되자 무영은 가시화를 풀었다.

스릉!

그리고 비탄을 뽑았다.

"놈을 막아!"

"무영! 저놈을 죽이면 천 점이다!"

부나방처럼 몰려드는 적들!

발을 뗀 순간 무영은 살인귀가 되었다.

대격전 끝에 투기장을 되찾았다.

거대한 원형의 투기장엔 온갖 방어 마법이 걸려 있어서 외부의 공격에도 끄떡하지 않는다.

공중으로 침입하려면 높은 랭크의 비행 스킬을 요구한다.

잘 만든 요새와 같았다.

투기장의 끝에 수십 개의 검은 구체가 떠올라 있었다.

저게 게이트다. 조금씩 활성화되며 문의 모양을 이뤄가고 있었다.

"서방니이임!"

투기장을 점거하고 얼마 안 되어서 불현듯 우히가 나타났다. 그러고 보니 대도시에 들어서고 통 우히가 보이지 않았다.

완전히 잊고 있었다.

"요, 요정?"

"요정이다!"

"세상에……."

무영을 향해 달려온 우히를 보고 사람들이 기겁했다.

당연한 일이었다.

요정은 잡고 싶어도 잡지 못하는 존재.

요정이 따라다니는 사람은 대게 영웅이라 칭송받는 이다.

"서방님, 우히가 그동안 보고 싶었지요?"

"이름이 우히였군."

무영이 시치미를 뚝 떼자 우히가 투정부렸다.

"씨, 튕기는 것도 매력적이야. 그래도 우히가 알아본 걸 알게 되면 우히를 다시 보게 될 거예요."

"놀러 다닌 게 아니었나?"

"아니거든요! 이 시련, 요정이 만든 거 같아요!"

일순, 정적이 일었다.

천마의 시련.

당연히 천마가 만들어낸 것인 줄 알았건만.

요정이 만들었다?

'보통의 시련은 요정이 만들지. 그리고 압둘론은 천마가 신이 아니라고 했다.'

무영도 한 방 제대로 얻어맞은 기분이었다.

천마가 신이 아니고 요정이라면 월하의 '신 만들기' 작업이 조금은 이해가 간다.

"실은요. 여기 도시에 들어와서 뭔가 되게 구리구리한 냄새가 나는 거예요. 우히가 그런 거 못 참잖아요? 그래서 막 이곳저곳 막 들쑤셔봤는데 요정의 집을 몇 개 찾았어요."

"요정의 집이라. 시련을 만들면 준다고 했지."

"네, 근데 그걸 놔두고 다니진 않아요. 그리고 모두 주인이 없었어요. 우히가요. 이상한 거예요. 그래서 더 찾아봤더니! 주인이 있는 집이 있었어요. 그것도 아주 위험한 요정의 집이었어요!"

"아주 위험한 요정?"

"요정왕이었어요."

무영은 인상을 찌푸렸다.

요정 여왕이 새로이 생겼다는 이야기는 들었다.

하지만 왕은 처음 듣는다.

그런 무영의 마음을 읽은 듯 우히가 설명했다.

"아! 여왕님 말고요. 엄청 오래전에 요정왕이 있었다가 사라졌거든요. 무언가 잘못을 해서 위엄을 잃고 '공허'로 떨어졌대요. 근데 왜 요정왕의 집이 이곳에 있는 걸까요? 뭔가 냄새가 나지 않나요?"

우히가 어깨를 으쓱했다.

요정들은 자신들의 세계를 잃었다. 오랫동안 부재한 '왕' 때문에 말이다. 그리고 공허에 있는 그 왕을 불렀다면.

월하.

놈이 부른 거다.

공허는 말 그대로 무(無)의 지대. 신이 되지 못한 자들의 말로로 치부되는 곳. 그곳에 있던 이를 부를 만한 존재는 월하밖에 없었다.

'요정왕이 시련을 설계하고 천마가 신이 되고자 한다.'

얼추 들어맞는다.

시련은 본래 요정이 제일 잘 만드는 법이고 본래 신들은 이토록 정교하지 못하다.

이면의 주인들이나 아수라가 내려준 시련치고 제대로 된 게 없는 걸 보면 알 수 있었다.

"어때요? 우히 잘했죠?"

이어 우히가 헛기침을 하며 슬쩍 머리를 들이밀었다.

무영은 가볍게 손을 올렸다.

적은 신이 아니다.

그 믿음 하나가 모두에게 큰 영향을 끼쳤다.

〈영향력 순위가 격상합니다.〉

〈9위(1,000) —〉 6위(2,000)〉

〈천마가 규칙을 새로이 정립합니다.〉

〈제거 대상들에겐 천마의 표식이 새겨집니다.〉

〈천마의 사도들은 본능적으로 사용자를 죽이려 들 것입니다.〉

〈천마의 사도가 되시겠습니까?〉

〈이는 천마가 사용자에게 직접 보내는 메시지입니다.〉

〈사도가 된다면 모든 위험이 해제되고 더욱 큰 힘과 보상을 얻을 수 있을 것입니다.〉

무영은 피식 웃고 말았다.

천마가 신이 아니라는 의심을 했다는 것만으로 놈이 직접 움직였다.

모두가 신이 아니라고 믿으면 정말 신이 될 수 없기 때문이 아닐는지.

우히의 견해가 천마를 조급하게 만든 것이다.

'도둑이 제 발 저리다고 했지.'

무영은 단호히 거부했다.

이틀간의 격전.

물경 일만에 달하는 사도와 사령세가 강시가 투기장을 노렸다. 밤낮을 가리지 않고 공격해 대는 통에 태양 길드의 길드원 모두가 지칠 수밖에 없었다.

하지만, 지켰다.

푸른 사원과 연결된 게이트는 멀쩡하다.

지이이이이익!

이틀이 지나고 다시 아침이 오자 게이트가 활성화되기 시작했다.

그리고 사람들이 하나둘 튀어나오기 시작했다.

그들 대부분이 초췌하고 힘이 없었다. 그래도 적당한 독기를 머금고 있었다.

하지만 그들도 게이트를 넘어서 태양 길드와 무영 등을 바라보자 의아해할 수밖에 없었다.

푸른 사원에서 한 달을 버티고 힘들게 넘어왔는데, 웬걸.

엄청 많은 사람이 이쪽을 바라보고 있는 것이다.

이미 푸른 사원에서 같은 사람도 믿으면 안 된다는 걸 대부분이 학습했다.

긴장감은 더욱 올라갔고…… 그러던 와중 한 명이 갑작스럽게 앞으로 나섰다.

"왔다네! 왔다네! 나 대마법사 오스카가 왔다네! 크하하! 너희는 뭐냐? 적이냐? 썩 물러나지 않으면 험한 꼴을 볼 게다!"

웬 미친놈의 출현이었다.

미친놈의 손에서 화염구가 생성되었다.

다른 한 손에는 얼음 창이 만들어졌다.

"대단하군요. ……정신이 살짝 이상한 것만 빼면요."

히아신스가 말했다.

동시에 아예 성질이 다른 두 개의 스킬을 다룬다.

그것도 푸른 사원을 막 나온 초보자가 말이다.

만약 이 장면을 다른 길드나 세가들이 봤다면 백이면 백 모두가 눈독을 들였을 것이었다.

제정신이 아닌 것 같긴 했지만 마계에서 어디 성정이 중요하던가. 그보단 힘과 가능성이 훨씬 높은 점수를 받는 곳이다.

"멀린의 수제자! 나 대마법사 오스카를 누가 막으리요! 당장 꺼지지 않으면…… 컥!"

무영이 미친놈의 머리를 부여잡았다.

그야말로 순식간에 벌어진 일.

"이, 이놈이 죽고 싶어 환장했나! 놔라!"

미친놈이 얼음 창과 화염구를 냅다 무영의 얼굴에 던졌다.

무영은 피하지도 않았다.

펑! 하는 소리와 함께 스킬이 터졌지만 무영은 멀쩡했다.

작은 그슬림조차 없었다.

그걸 보고 미친놈의 눈이 화등잔만 하게 커졌다. 믿기지 않는다는 듯이.

"어, 어떻게 내 마법을 맞고 멀쩡한 거냐! 그래. 네가 악마로구나!"

"멀린이라고 했나?"

"그분의 이름을 함부로 입에 담지 마라, 이 악마야!"

미친놈은 이미 무영을 악마로 확정지은 듯싶었다.

아무리 뛰어난 초보자라고 해도 결국 초보자다. 이미 초강자의 반열에 든 무영에게 초보자가 상처를 입히는 것도 말이 안 된다.

무영은 주변을 둘러봤다.

미친놈이 넘어온 게이트가 가장 사람이 많았다.

대부분의 인원이 살아온 것이다.

그걸 보면 미쳤을 뿐 악인은 아닌 것 같았다.

'멀린.'

하지만 그보다 무영이 놀란 건 멀린이라는 이름이다.

그 이름을 듣고 무영은 정신이 번쩍 들었다.

푸른 사원의 대마법사!

과거 세 마신의 발목을 잡았던 진정한 마법사 멀린이다.

당시의 전투는 마계가 뒤흔들릴 수준이 대격전이었다. 본래 멀린은 무영을 제자로 들이려했지만 무영은 그 제안을 거부했다.

한데 그가 새롭게 제자를 들였단 말인가?

무영의 눈이 다시금 미친놈에게로 향했다.

동시에 살기를 쏘아 보냈다.

세상 어느 누구보다 정제된 살기다. 너를 죽이겠다는 그 기운은 사자의 저주파와 같이 사람을 옴짝달싹 못하게 만든다.

실제로 미친놈의 얼굴이 토마토처럼 시뻘게지기 시작했다.

"죽이려면 빨리 죽이는 게 나을 거다. 아니면 언젠가 반드시 네 눈알을 뽑고, 네 심장을 씹고 대가리를 태워 버릴 테니까!"

발악과 같았다.

하지만, 제법 독기가 있다.

무영의 살기를 지근거리에서 받고 버틸 수 있는 초보자는 몇 없을 것이기에.

물론 제대로 쏘아내면 전신이 터져 버릴 터였다.

그럼에도 제법이지만, 그래도 마음에 들지 않았다.

"왜 벌써 나온 거냐."

멀린의 제자가 된다는 건 어느 정도 완성이 되기 전까지 푸른 사원에 체류한다는 뜻이다. 아무리 출중한 재능을 가졌다고 하더라도 1년으로는 어림도 없다.

이놈은 도망친 것이다.

멀린이 대충할 리는 없으므로 본격적인 수련에 질려 푸른 사원을 뛰쳐나온 것이었다.

"뭐, 뭘…… 꺼헉!"

무영은 놈의 목을 잡고 그대로 올렸다.

놈은 바동대며 전신을 떨어대다가 그대로 눈이 뒤집혔다.

무영의 눈은 잠잠한 분노로 가득 찼다.

멀린의 제자. 이 타이틀은 마계에 지각변동을 주기 충분하다.

마왕과 쓰임에 따라 마신도 잡을 수 있는 그런 직업이 '대마법사'였다.

그걸 내다 버렸다.

그 희망이 채 완성되기도 전에 불량품으로 뛰쳐나왔다.

어찌 열 받지 않을 수 있겠는가.

분에 넘치는 축복을 받았다는 것조차 인지하지 못하고, 결국 그렇게 죽겠지.

당장 이 투기장을 무영이 아닌 사령세가가 그대로 점거하고 있었다면, 이놈은 강시의 좋은 재료가 되었을 것이다.
철퍼덕!
무영은 인상을 구기며 놈을 바닥에 던졌다.
"콜록! 콜록!"
"잘 들어라."
어쨌거나 오스카, 이놈은 멀린으로부터 마법을 배운 자다.
사람들이 사용하는 '스킬'이 아니라 정통 '마법'에 도달한 자!
살려서 부릴 수만 있다면 썩 도움이 될 것이었다.
이어 주변을 둘러보자 수만 개의 눈이 무영에게 도달했다.
"이곳은 마계다."
초보자. 무엇을 알겠는가.
하물며 지금 상황은 그들에게 최악과 같았다.
나오자마자 다시금 전장으로 내던져졌으니까.
무영이 투기장의 하늘을 바라봤다.
키에에에엑!
곧 뼈로 만들어진 와이번 따위가 오르며 투기장에 걸린 보호 마법을 깨부수고 난입하기 시작했다.
스릉!
무영은 비탄을 뽑았다.
그리고 말했다.
"이곳은 전장이다."

천마의 사도들이 가진 스킬을 각양각색이다.
천마가 내려준 스킬 외에도 자신만이 가졌던 고유의 스킬 또한 많았다.
그것을 전부 예측할 순 없다. 다만 그렇기에 최악의 경우 투기장의 보호 마법이 조만간 깨질 수도 있다는 생각을 하긴 하였다.
그렇게 공중에서 난입한 숫자가 오백가량.
나머진 지상을 통해 공격하기 시작했다.
하지만 태양 길드의 길드원도, 무영도 싸움에 이골이 나 있었다.
초보자들은 신들의 싸움을 보는 것처럼 굳어버린 채 그 장면을 지켜볼 수밖에 없었다.
"……같은 사람이 맞는 건가?"
"산 넘어 산이라더니. 미치겠네."
"저 사람들은 대체 정체가 뭐야?"
"푸른 사원의 괴물들은 아무것도 아니었구만."
놀라움, 경악, 짙은 한숨.
저마다 느끼는 감정은 달랐지만 그들은 모두 눈을 떼지 못했다.
푸른 사원에서도 한 달간 힘들었다.
괴물들은 매일같이 쳐들어오지, 식량은 부족하지.
한데 그런 건 아무렇지도 않게 느껴질 만큼 지금의 전투는 역동적이었다.

특히 무영의 싸움방식은 처절하다. 무척이나 공격적이고 뒤가 없다. 가장 선두에서 적의 선두를 깨부수며 길을 튼다.

성공하면 최소한의 피해로 적을 섬멸할 수 있지만 실패하면 개죽음뿐이 안 되는 전술이다.

어느 누구도 쉽게 할 수 없는 일을 그는 해냈다.

뿐만인가.

'괴물.'

그는 죽음을 다룬다. 그에게 죽은 자들은 언데드가 되어 일어났다. 괴물보다 더한 괴물이 있다면 저 사람이리라.

무영은 태양 길드의 총사령관이라는 직책 탓에 숨기고 있었지만 천마의 시련이 시작되고 레논이 사라진 뒤 그 힘을 밝혔다.

하나 놀라울 정도로 반응이 없었다.

이미 망령을 다룰 때부터 논의된 문제.

워낙 스킬이 많아서 그런 스킬 하나가 더 있어도 딱히 이상할 게 없다는 태도였다.

짙은 피 냄새가 사방을 둘러쌌다.

시체들이 즐비하고 사람을 죽이는 데 거리낌이 없다.

아수라장.

마계는 이런 곳이었다.

"이런 세상에서…… 살아가야 한다고?"

"죽여야만 살 수 있다더니……."

"저들이 우리를 죽이면 어떡하지?"

하나 그들에겐 충격이었다.

그럴 수밖에.

푸른 사원을 벗어나면 끝일 줄로만 알았다.

하지만 그게 시작이다. 이제 초보자 수련을 끝낸 셈이다.

특히 오스카는 엄청난 충격을 받고 있었다.

'멀린 님의 말이 사실이었어.'

세상에는 강한 인간도 많다고 했다.

하지만 오스카는 스스로가 최강라고 여겼다. 푸른 사원에선 적이 없었으니 당연한 일이었다. 절대고수가 된 것 같았고 푸른 사원에 갇힌 채로는 너무나도 무료했다.

멀린은 인간이 아닌 고로 다른 인간 강자들을 꺾고 싶었다.

'안일했다.'

작아졌다.

이곳에서 오스카는 아무것도 아니었다.

저들의 눈에 비친 오스카는 그저 수많은 초보자 중 하나일 뿐이다.

하지만 누가 악마인지 모르겠다.

만약 저들 중 누구라도 자신들을 죽이고자 한다면 초보자로선 막아낼 방법이 없는 것이다.

서걱!

마침내, 마지막 사도의 목을 잘라낸 무영이 비탄을 뒤로 당겼다. 그러자 비탄에 묻은 피가 무영에게 흡수되었다.

'악마!'

저들 중 악마가 있다면 분명히 저놈이다.

그럴 만한 모습이었다.

사람을 개미처럼 밟아 죽이고 악독한 기운을 풍기는 남자.

오스카는 확신하며 마법을 되뇌었다.

놈이 자신을 죽이기 전에 먼저 손을 써야 한다.

"죽엇!"

물과 바람, 땅과 불 그리고 금의 기운이 한데 어우러졌다.

오스카가 현재 쓸 수 있는 최고의 마법.

천하의 악마라도 이걸 맞고 멀쩡하진 못할 것이다.

스팟!

오행의 기운이 뭉쳐진 푸른색의 구가 무영을 향해 날아갔다.

그러자 무영은 천천히 뒤를 돌았다. 비탄을 들었고, 눈 깜빡할 사이에 푸른색의 구를 갈랐다.

기운이 뭉쳐진 순간부터 무영은 그것을 인식하고 있었다.

생각보다 강렬한 마력의 파동이 있었지만 그뿐이다.

물 흐르듯 자연스러운 행동에 오스카는 입을 쩍 벌렸다.

"미친개는 몽둥이가 약이라고 그러더군."

이어 무영은 비탄을 집어넣었다.

죽이진 않는다.

멀린의 제자. 1년을 배웠다고 하더라도 정통 마법을 쓸 수 있는 사람이다. 재능도 꽤 출중하다는 뜻이니, 영지 발전에도 도움이 되리라.

물론 아무리 재능이 있다손 치더라도 무영을 공격한 순간 베어버리는 게 정상이다. 최후까지 인간을 위해 헌신하고 마신을 막아낸 그 '멀린'의 제자만 아니었다면 그랬을 것이다.

일단 정신 상태부터 뜯어고칠 필요가 있을 것 같았다.

'좆 됐다.'

오스카는 본능적으로 앞으로 일어날 일을 느꼈다.

그리고 잠시 후, 오스카에게 있어서 무영은 악마 그 자체가 되었다.

히아신스의 눈이 몽환적으로 물들었다.

무영에게 요정이 따른다는 걸 알고 더욱 신뢰가 갔다. 이제는 그가 기사이고 아니고는 상관이 없었다. 그저 '무영'이라는 사실만으로도 가슴이 두근두근 뛰었다.

요정은 진짜 영웅만을 따른다.

고로, 무영은 영웅이었다.

'때리는 모습도 멋져.'

그러다 보니 콩깍지가 쓰였다.

오스카가 처절하게 맞는 장면에 모두가 혀를 내둘러도 히아신스만은 아니었다.

'주먹에 피가 묻은 모습도 멋져.'

주먹에 피가 묻고 오스카의 전신이 걸레처럼 변했음에도 히아신스는 무영이 숨을 쉬는 것마저 사랑스럽게 바라봤다.

아무리 마계라도 사랑은 있다.

특히 소녀인 이상 그 감성은 죽을 수가 없다. 그리고 지금이 히아신스에겐 절정기였다.

단 하나의 메시지만 떠오르지 않았다면 말이다.

〈태양 길드의 길드 마스터, 알렉산드로 퀸타르트가 사망했습니다.〉

"……!"

히아신스의 눈이 더없이 커졌다.

대관절 무슨 일이란 말인가.

영웅과 버금가는 인간이 죽으면 모든 사람에게 이러한 메시지가 송달된다.

사실을 알고 더욱 절망하라는 건지, 아니면 더욱 정진하라는 의도에서인지는 모르겠지만 알렉산드로 퀸타르트는 영향력만으로도 영웅 이상의 존재였다.

그의 죽음은 당연히 모두에게 알려졌고 그 이상의 충격으로 다가왔다.

털썩!

히아신스가 자리에 주저앉았다. 얼굴색이 시퍼레졌다.

"길드 마스터가?"

"말도 안 돼……!"

"거, 거짓말이겠지."

태양 길드도 난리가 났다.

일반 길드원에게 있어서 알렉산드로 퀸타르트는 신화다.

가장 밑에서 위로 올라간 사람.

죽여도 죽을 것 같지 않았던 사람.

그래서 그가 실종되었을 때에도 다시 돌아오리란 암묵적인 믿음이 있었다.

레논이 일을 빠르게 처리하려 했던 것도 그래서다.

알렉산드로가 돌아오면 그에게 주도권을 빼앗길 게 뻔하니까 미리 권력을 손에 넣을 작정이었던 것이다.

한데…… 죽었다.

'미래가 바뀌었다.'

무영 역시 표정을 굳힐 수밖에 없었다.

알렉산드로 퀸타르트는 본래 마지막의 마지막까지 살아남았던 인물.

인류 10강 중 하나다.

가장 많이 살수림을 이용했을 정도로 암계에 능하다.

그가 벌써 퇴장한다는 건 있을 수 없는 일이었다.

무언가가 틀어졌다. 그 결과 그가 죽었다.

알렉산드로는 분명히 노림수가 있었다. 일부로 몸을 숨긴 채 마지막 한 방을 기다렸다.

그런데…… 그럴진대.

대체 어디서, 누가?

무영의 눈빛이 한 차례 일렁였다.

타칸이 검을 회수했다.

그리고 떨어진 팔을 들어 다시금 상처 부위에 붙였다.

"미천한 종이 배신자를 처단했나이다."

곧 보랏빛이 생성되며 떨어진 팔이 붙었다.

반면 이미 죽은 시체는 답이 없다.

알렉산드로 퀸타르트는 피를 한 움큼 흘린 채 바닥에 쓰러져 있었다.

이곳은 지하 수도. 하늘 도서관과 이어진 비밀스러운 장소였다.

하지만 이미 주변은 반쯤 붕괴된 상태.

타칸과 알렉산드로 퀸타르트의 싸움으로 말미암아 지형이 변한 것이었다.

'너는 강자다.'

타칸도 인정했다. 자칫 잘못했다면 자신이 당할 뻔했다.

어째서 타칸이 이런 지하 수도에 있는가…….

월하는 현재 하늘 도서관을 떠날 수 없다.

하여 타칸으로 말미암아 죽이도록 명했다. 그 결실을 이제야 맺었다.

악령들의 힘과 천마의 힘은 궁합이 잘 맞았다.

아수라와 천마가 비슷한 성향을 지녀서 그런 것일지도 모른다. 그로도 부족해 새로운 검도 한 자루 얻었다.

검은색 기운이 물씬 어린 '광살자의 검'!

사용자에 따라서 능력치를 달리하는 검이다.

죽음과 가까울수록 능력이 더욱 올라가는데 타칸이 사용하자 단번에 S랭크가 되었다.

덕분에 타칸은 초월체에 가까운 힘을 손에 넣었다.

만약 타칸이 아닌 다른 자가 이곳에 왔다면 알렉산드로를 죽일 수는 없었을 것이다.

'이건?'

이어 타칸이 그 근처에 떨어진 거울 하나를 손에 쥐었다.

태양 거울.

태양 길드의 신물(神物)이다.

알렉산드로가 유일하게 챙긴 물건.

타칸은 그것을 보는 순간 잠시 멍해질 수밖에 없었다. 영혼이 빨려 들어가는 것만 같았다. 비명도 내지를 수 없었다.

오랜 시간 동안 그 안을 방황한 것만 같은 기분.

하지만, 끝내 돌아왔다.

외부적으로는 변화가 없었다. 내적으로도 비슷했다.

그런데 이후 타칸은 태양 거울을 망토 안으로 숨겼다.

왜인지는 스스로도 모르겠다. 아예 의식도 안 했다. 본능적으로 거울을 숨긴 채 타칸조차 잊어버렸다.

"다음 목표는 투기장이다. 천마께서 그곳의 탈환을 원하신다."

아무런 일도 없었다는 듯 타칸이 움직였다. 그 뒤를 따라 일천에 달하는 강시가 발을 옮겼다.

흉비쉬는 사령세가에서 제 할 몫을 충분히 해주고 있었다.

육망성을 부수고, 하늘 도서관에 침투하여 실시간으로 세작노릇을 하고 있는 중이었다.

언데드라고는 하나 무영이 만든 것이기에 활용도가 높다.

아수라의 냄새를 맡을 수 있는 월하에게만 눈에 띄지 않는다면 더욱 큰 혼란을 줄 수 있을 것이었다.

"흉비쉬 님, 들으셨습니까? 알렉산드로가 죽었다고 합니다."

"제기랄. 충성하는 건 우리인데 왜 엄한 놈에게 그런 중한 임무를……."

"저희가 나서야 하지 않겠습니까? 이곳에 있어봐야 더 이상의 공을 쌓기는 어려울 것 같은데요."

흉비쉬는 사령세가의 초강자다. 당연히 따르는 이도 많다.

하지만 무영에게 패배하고 지금은 그저 언데드일 따름이었다.

흉비쉬가 고개를 저었다.

하늘 도서관을 나서면 실시간으로 무영에게 보내는 정보가 늦어진다.

지금 같은 상황에서 시간은 생명과도 직결된다. 정보 또한 마찬가지다.

"이곳을 지키는 것도…… 중요하다."

목소리를 쥐어 짜내듯이 흉비쉬가 말하자 주변의 분위기가 급히 침울해졌다.

더욱 많은 천마의 은혜를 입으려면 공을 쌓아야 한다.

하지만 그저 지키는 것으로는 부족할 수밖에 없었다.

"월하 님께선 아무런 말씀도 없으십니까?"

"없다."

"이미 아투카 님이나 룬파파 님은 하늘 도서관을 내려가셨습니다. 알렉산드로의 죽음이 확실시된 지금이 태양 길드를 무너뜨리기 최고의 시기라면서요."

"타칸도 곧장 투기장으로 향하고 있는 듯합니다."

아투카와 룬파파가?

그 둘은 흉비쉬와 마찬가지로 사령세가의 초강자다.

가장 영향력이 큰 세 명 중 두 명이 하늘 도서관을 내려갔다.

거기에 타칸이 더해진다라.

이건 이미 불리하다는 수준을 넘었다. 하늘 도서관에 배치

된 절반이 넘는 병력이 한곳에 집중되고 있는 것이다.

새로 생긴 사도들도 조금씩 집결하고 있었다.

강력한 령과 강시까지.

그 수가 어림잡아 5만.

반면 태양 길드는 1만 4천 정도가 남았다. 더 많은 초보자가 있긴 하지만, 그들이 큰 도움이 되리라 생각하긴 어렵다.

흉비쉬의 의식에 침투한 무영은 내심 고민했다.

조금이라도 시간을 늦출 수만 있다면…….

"좋다. 우리도 합류한다."

이렇게 된 이상 진흙탕 싸움뿐이었다.

〈제한 시간이 541시간 남았습니다.〉

〈생존 인원 - 385,598〉

〈제거 대상의 순위를 나타냅니다.〉

〈1순위 제거 대상(15,000점) - 히아신스〉

〈2순위 제거 대상(10,000점) - 바하무드〉

〈3순위 제거 대상(5,000점) - 오오츠키 유카〉

〈4순위 제거 대상(3,000점) - 무영〉

〈5순위 이내의 제거 대상들은 그 위치가 사도들에게 표시됩니다. 아울러 령들의 공격을 더욱 거세게 받습니다. 사망 시 그 영혼마저 천마에게 귀속됩니다.〉

〈'천마'가 제안합니다. 사도가 되시겠습니까?〉

〈수락한다면 '천마검(S)'을 수여받을 수 있습니다.〉

무율진이 제거 대상에서 사라졌다.

대신 무영의 순위가 올랐다.

또한, 천마는 무영에게 S랭크의 무기까지 걸었다.

피식 웃고 말았다.

히아신스를 보건대, 천마가 이러한 제안을 하는 건 오로지 무영뿐인 듯했다.

'가장 믿음이 없는 자. 천마에게 나는 비수고 독이다.'

설령 천마가 진짜 신이라고 할지라도 무영은 그를 무시한다. 오로지 자신만을 믿으며 허상에 대한 믿음이 단 하나도 없었다.

그러니 믿음만을 갈구해야 할 천마로선 가장 버거운 상대가 무영이었다.

물론 구미는 당긴다.

S랭크의 천마검.

거기다가 천마의 축복까지 받으면 무영은 당장 가속을 사용하지 않고도 10강의 대열에 들어갈 수 있을 터였다.

그런데 곧이곧대로 저걸 믿는다?

놈은 언급하지 않은 게 있다.

'아수라.'

엄연히 따지면 무영은 이미 아수라의 사도다.

무영이 천마의 사도가 되는 순간, 아수라는 분노할 것이다.

두 신의 사도가 될 순 없는 법.

그 영향으로부터 천마는 무영을 보호할 수 없다.

딱히 이득도 아니다. 차라리 믿음을 진창까지 끌어내려 보상을 얻는 게 낫다.

"무, 무영 님. 깃발 500개를 완성했습니다. 헤헤."

얼굴이 붕어처럼 변한 오스카가 조심스럽게 다가왔다.

얼마나 잔악하게 맞았는지 오스카가 두려움에 몸을 떨었다. 물론 한시적인 것이겠지만, 전시의 상황에서 말만 잘 따라주는 것만으로도 충분하다.

실제로 무영은 고문에도 일가견이 있다.

죽지 않게끔, 오로지 고통만을 느끼게끔.

단지 고문을 싫어할 뿐이지 하려고자 한다면 세상 누구보다 잔인하게 할 수 있었다.

"깃발을 투기장 꼭대기에 꽂아라."

"넵! 무영 님의 하늘과 같은 은혜에 힘입어 이 오스카, 반드시 모든 깃발을 투기장 끝에 펼쳐 우리의 기강을 적들에게……."

"사족이 길군."
"꽂고 오겠습니다!"
무영이 주먹을 한 차례 털어내자 오스카가 질색하며 물러났다.
장황하다고 해야 하나. 하여간 오스카는 색깔이 강했다. 이 정도로 천성마저 죽지는 않은 모양이다. 그러니 멀린에게서 도망친 것이겠지만.
이윽고 무영은 시선을 돌렸다.
태양 길드의 표식이 그려진 500개의 커다란 깃발이 투기장 구석에 널려 있었다.
전부 초보자들이 만든 것이다.
이후 투기장 곳곳에 세우고 주변에 대놓고 보이도록 하였다.
이미 적은 투기장에 태양 길드가 있다는 걸 안다. 굳이 이처럼 광고를 할 필요가 없다는 뜻이다.
하지만, 적이 아닌 다른 이들은?
모이지 못하고 흩어진 자들이 합류할 가능성이 조금이라도 있는 이상 반드시 해야 할 일이었다.
태양 길드의 표식을 보면 어쨌든 누군가는 올 터.
'시간이 없다.'
다만, 시간의 문제다.
적들은 모이고 있다.

흉비쉬를 통해 본 하늘 도서관의 상황은 녹록치 않았다. 최대한 지연시킨다고 하더라도 240시간 이내에 쳐들어올 것이다.

반면 태양 길드의 사기는 계속해서 떨어지고 있었다.

알렉산드로가 죽었다는 메시지를 확인하고 나서부터 계속.

다시금 바람을 바꾸려면 이번만큼은 천운에 기대는 수밖에 없었다.

그리고 그런 무영의 생각은 다행스럽게도 적중했다.

"히아신스! 아니, 이제 길드 마스터라고 해야 하나?"

"바하무드 님!"

히아신스가 반갑게 웃으며 상대를 맞이했다.

휘광 길드!

그곳의 길드 마스터 바하무드의 등장이었다.

그가 끌고 온 오천 명은 모두 휘광 길드 소속이었다.

거의 절반은 당한 셈.

"소식은 들었다. 참 안타깝게 되었어. 놈은 나도 꽤 좋아했는데 말이다."

"감사합니다. 하지만 괜찮습니다. 슬퍼하는 건 이 시련이 끝난 뒤에 하기로 했어요."

"화초가 난초가 되었구나!"

바하무드가 크게 기꺼워하였다.

그는 키만 2m에 이르는 거구로 스테로이드라도 맞은 듯 전신이 근육질이었다.

하지만 전신에 모든 털이란 털이 하나도 보이지 않았다.

여러모로 강렬한 인상의 소유자.

"그리고…… 네가 무영이란 놈인가 보군."

바하무드가 시선을 돌려 무영을 바라봤다.

초장부터 그다지 좋은 인상은 아니었다.

강렬한 투지와 기운을 내보내며 무영을 압박했다. 정제된 무형(無形)의 기운을 쏘아내는데, 무영도 놀랄 만큼 제법이었다.

하지만 무영은 꿈쩍도 안 했다. 고요하기 짝이 없는 눈동자로 바하무드를 바라볼 따름이었다.

그러자 바하무드가 도리어 놀랐다.

'받아치는 게 아니라 흘려? 내 기운을?'

차라리 받아쳤다면 이처럼 놀라진 않았으리라.

하지만 아예 흘려냈다. 한마디로 자신의 기운에 동화됐다는 거다.

사람의 기운은 모두가 천차만별이다. 오천 명이 있으면 오천 개의 기운이 있다. 살아온 인생이 다르니 결코 기운이 같을 수 없다.

한데 상대와 같은 기운, 기세로 임할 수 있다고?

세상에 그런 사람이 어디 있겠는가!

'과연. 태양 길드를 휘젓는 돌개바람이 있다고 했지. 이제

보니 태풍이었군.'

바하무드는 기운을 거둬들였다.

"목숨은 잘 간직하고 있어라. 너와의 싸움이 무척 고대되는구나!"

흉악스러운 말을 남기곤 그가 투기장 안으로 들어섰다.

오천 명의 인원도 함께 말이다.

'김태환.'

개중에는 김태환도 포함되어 있었다.

그나마 앞쪽에 있는 걸 보면 태양 길드와 교류하며 공로를 인정받은 모양이었다.

김태환이 슬쩍 고개를 숙였다. 무영은 눈빛으로 답했다.

"무영 님, 개의치 마세요. 강자를 만났을 때 바하무드 님은 항상 저렇답니다. 저 정도면 정말 최상급 표현이에요."

히아신스가 말했다.

"개의치 않는다."

"말은 험하게 해도 바하무드 님은 착해요. 알렉산드로 님도 인정하셨을 정도로요. 알렉산드로 님에게 유일하게 호의적인 길드 마스터가 바하무드 님이었으니까요."

알렉산드로는 적이 많다. 그를 좋게 보는 집단은 사실상 없다고 보면 된다.

하지만 바하무드만은 그런 알렉산드로를 인정하고 다가왔다.

그래, 바하무드…….

그는 그런 성격이다.

무영도 알고 있다.

회귀 전, 그를 죽인 게 무영이니 모를 수가 있겠는가.

단지 바하무드를 함정에 빠뜨리고 살수림에 의뢰를 넣은 게 알렉산드로였으니 아이러니할 뿐이었다.

적지 않은 생존자가 투기장으로 모였다.

그렇게 모으고 모은 숫자가 3만.

초보자는 숫자에서 뺐다. 초보자의 숫자만 5만에 달하지만 그들은 후방 지원이다. 자신의 특기를 살려 여러 방면에서 도움이 되도록 만들었다.

"사령세가가 쳐들어왔습니다! 추, 추정 병력 7만!"

7만?

예상보다 많다.

무영은 이맛살을 구겼다. 그리고 투기장의 꼭대기에 올랐다.

"무율진! 적들 중에 무율세가가 있습니다! 이, 이럴 수가!"

"뭐? 무율진?"

"무율세가 전체가 사도가 됐다고? 이런 미친!"

난리가 났다.

7만.

어쩌면 그보다 많은 적이 투기장을 에워싸며 다가오고 있었다. 그중에…… 무율진이 있었다. 무율세가의 가주.

오대세가 중 한 곳이 투항했다는 건 결코 범상치 않은 일이었다.

스릉!

무영은 비탄을 뽑았다.

이미 일은 벌어졌고, 되돌릴 수 없다.

'타칸…….'

무율진. 사령세가. 이내 눈에서 사라졌다.

하지만 무영의 망막에 각인된 하나는 계속해서 유지되었다.

타칸. 배승민을 탈출시키고, 결국 세뇌를 당한 모양이었다.

하지만 적으로 나타났으니 무영도 당하고만 있을 순 없는 노릇.

죽이고자 한다면, 죽일 것이다.

무율진은 느긋했다.

이 싸움. 질 수 없는 싸움이었다.

세가의 다른 이들은 불안함을 표했지만, 무율진은 확신을 가지고 말했다.

"지지 않는다."

그러나 역시나 반응은 미적지근했다.

"상대는 태양 길드입니다. 거기다가 휘광 길드가 힘을 합쳤다면 그 저력은…….”

“맞습니다. 숫자가 많다고 다가 아닙니다.”

“우리가 천마를 따를 필요는 없지 않습니까?”

쯧쯧.

무율진은 혀를 찼다.

저 무지몽매한 녀석들.

물론 이해는 한다.

하나 여기까지 와놓고 불안함을 토로하는 건 이치에 맞지 않다. 그래도 가주로서, 그들을 반강제로 끌고 온 장본인으로서 설명할 필요는 있었다.

“들어라. 너희는 알렉산드로가 제거 대상에 나타나지 않은 이유를 알고 있느냐?”

“그냥 행방불명이었던 게?”

“멍청하긴. 제거 대상에 나타나지 않은 건 놈이 이미 천마의 사도였기 때문이다.”

“……!”

정적이 흘렀다.

놀랐으되, 말을 꺼낼 수 없었다.

하지만 확실히 일리는 있었다.

사도라면 제거 대상 목록에 뜨지 않는다. 바람처럼 사라질 수 있는 것이다.

모두의 반응을 본 무율진이 계속해서 말했다.

"알렉산드로는 진즉에 태양 길드를 버렸던 거다! 천마신교가 승리할 것이라고 확신했기 때문에 벌인 일이겠지. 나 또한 그리 보았다."

하나 알렉산드로는 배신자로 낙인찍혀 죽었다.

천마신교에 의해 직접 단죄되었다.

'멍청한 놈.'

처신을 잘못해서라고 보았다.

알렉산드로는 욕심이 많은 놈이니 분명히 화를 불렀겠지.

어차피 무율세가도 많이 약해져 있었다.

검골형제를 잃고, 고대의 정령마저 잃었다.

그를 만회하기 위해선 승리할 필요가 있었다.

"다른 생각은 시련이 끝난 뒤에 해도 좋다. 하지만 확실한 건 저 투기장 안에 모여 있는 놈들은 다 죽을 거란 거다."

쿵! 쿵!

타칸이 검을 들었다.

곧 검에서 검은 안개가 뿜어지며 주변을 휩쓸자 령들이 가장 먼저 투기장을 공격하기 시작했다.

"그러니까…… 다 죽여라."

무율진이 서슬 퍼렇게 웃었다.

이 싸움, 질 수가 없다.

가장 먼저 온갖 령들이 투기장을 넘었다.

무영은 전선에 뛰어들어 몸소 적들을 막았다. 절대자의 별이 빛나며 주변을 감싸고, 닥치는 대로 '적'이라 규정된 모든 걸 먹어치웠다.

하지만…… 무영의 진면목은 대규모 전투에서 나온다.

수많은 이가 부딪히는 전장!

그곳이야말로 네크로맨서가 가장 파격적으로 날뛸 수 있는 환경이다.

하물며 데스 로드는 네크로맨서의 상위 호환 스킬!

'죽음의 예술.'

무영은 아끼지 않았다.

지금까진 어느 정도 절제하며 일부러 모든 걸 보이지 않았지만, 이 전장은 앞으로의 승패를 가를 중요한 길목이다.

〈758구의 시체가 언데드화 되었습니다.〉

〈무작위 시체를 선택해 예술성이 현저히 떨어집니다.〉

〈예술 점수 51점!〉

상관없다.

전장에서까지 예술을 찾을 생각은 없었다.

적어도 그 부분에 있어서 데스 로드와 무영의 견해가 다르다.

데스 로드는 모든 죽음에 아름다움을 부여하려 하니까.

하지만 결론은 같다.

승리하는 것!

“어, 언데드가 저렇게 많이?”

“리치도 한 번에 저 정도 시체를 일으키진 못한다고!”

“설마 무영 총사령관님?”

웬만한 리치도 700구가 넘는 시체를 한 번에 언데드로 만들지 못한다.

죽음의 예술 스킬이 A랭크가 되며 한 발 더 도약했기에 가능한 일이었다.

모두의 시선이 무영에게 박혔다.

무영이 한 번 손을 휘저을 때마다 시체들이 되살아나 적들의 살점을 씹었다.

시체술사에게는 불가능하다. 그 외에 시체를 다루는 직종은 많지만 언데드로 되살려내는 클래스는 거의 없었다. 하물며 저 숫자라니…….

기적.

어쩌면 무영은 인간이 아닐지도 모른다. 아무런 연고도 없이 갑작스럽게 나타나 태양 길드의 기라성 같은 강자들을 꺾었다.

뿐만인가.

쿠와아아아아앙!!

불로 이루어진 용이 운다.

수십 미터의 크기로 커진 불의 용이 무영의 주변을 돌며 령들을 집어삼켰다.

불의 용. 태양 길드의 신수(神獸)!

바로 저거다. 저 모습 하나가 모두에게 강한 신뢰를 줬다.

언데드가 음이라면 저 용은 양이다. 음과 양 모두를 다룰 수 있으며 그 모습은 태양신의 현신, 혹은 사자와도 같았다.

'태양신은 인간에게 다가가고자 자신의 불꽃을 억제했다.'

태양 길드의 길드원이라면 모두가 태양신에 관련된 문구를 안다.

개중에는 이러한 문구도 있었다.

태양신은 자신이 가진 양의 힘이 너무 강해 인간들이 타 죽자 그를 슬퍼하며 음의 힘을 배치했다고.

즉, 달을 만들었다.

어디까지나 태양 길드와 태양신에 초점을 둔 것이니 이러한 창세 신화도 나온 것일 테지만 지금 무영의 모습은 그의 화신이나 사자라고 해도 이상하지 않을 정도였다.

아니, 어쩌면…… 그냥 그렇게 믿고 싶었을지도 모른다.

전장은 그러한 믿음을 키우기에 안성맞춤인 장소이므로.

천마가 믿음을 갈구한다면 무영은 믿음을 만들어냈다.

"태양신의 수호가 우리와 함께하신다!"

"태양의 용이시여!"

쿠와아아아앙!

그들에게 호응하듯 용이 더욱 날뛰었다.

동시에 무영의 영향력이 순식간에 확대되었다.

〈제거 대상의 순위가 격상했습니다.〉

〈4위(3,000) → 2위(10,000)〉

〈천마가 현상금을 걸었습니다. 이제부터 제거 대상을 죽이면 두 배에 달하는 점수를 얻을 수 있습니다.〉

〈사도가 되시겠습니까?〉

뻔한 수작질.

무영은 무시했다.

저딴 되도 않는 발림에 넘어간다면 자존심이 상한다.

더욱 날뛰었다. 오로지 검에 살(殺)만을 담았다.

“끄억!”

“무율세가 이 개새끼들아!”

령들을 상대하는 건 어렵지 않다.

사도들? 사도들 중에선 정말로 강하다고 할 수 있는 자가 거의 없었다.

문제는 무율세가다.

무율진이 가주로 있는 그곳.

뒤섞인 공포를 만들어내고, 아름과 요람의 정령을 다시 붙였으며, 검골 삼형제로 말미암아 세계수를 얻고자 했고, 또한 아타락시아로 무영의 암살을 명했다.

결국 뒤섞인 공포는 배승민이, 나머지도 다 무영이 넣었다. 어찌 보면 무율진은 참으로 무영에게 보배와 같은 존재였다.

아낌없이 주는.

뚜벅!

무영은 발길을 돌렸다.

무율진. 그와는 처음 정면에서 마주하게 되는 셈이다.

하지만 빈손으로 가는 건 예의가 아니다.

"검일, 검이, 검삼."

법보를 꺼내 모두 불렀다.

〈소드 데빌, 검일과의 레벨 차이가 100 이하입니다.〉

〈죽음의 예술 스킬이 A랭크로 격상하며 무작위 무구 등을 가져가지 않게 되었습니다.〉

〈대신 100명분의 죽음이 필요합니다.〉

죽음.

그런 건 여기에 넘친다.

100명이 아니라 1,000명의 죽음도 줄 수 있었다.

곧이어 검일과 검이, 검삼이 나란히 소환되었다.

지이잉—

그들은 공명했고 더 나아가 무율진을 바라봤다.

무율진도 무언가에 끌리듯 무영 쪽으로 시선을 주었다. 그리고 크게 놀랐다. 천하의 그조차도 놀랄 수밖에 없었다.

"검골……!"

"무율진을 죽여라."

미친 듯이 날뛰던 무율세가의 사람들도 흔들렸다.

그럴 수밖에.

검골 삼형제는 무율세가의 상징과도 같은 자들이다.

그들의 이야기, 그들의 힘, 뭐 하나 사람을 움직이기에 부족한 게 없으니.

그런 상징이 적으로 돌아섰다.

이미 가주의 이미지가 바닥으로 떨어진 시점에서 검골들의 배신은 뼈아프게 다가왔다.

'배신은 아니지만.'

저들은 그렇게 느낄 것이란 소리다.

"노오옴!"

그때 지근거리에서 바하무드의 목소리가 들렸다.

바하무드가 있는 곳. 그곳엔 타칸도 있었다.

검은 연기가 휘몰아치는 검을 휘두르며 강하게 바하무드를 압박하는 중이었다.

'천마의 축복. 그리고 저 검에서 느껴지는 묘한 기운.'

두 가지가 더해지자 바하무드마저 압박할 수준의 강자로 변한 듯싶었다.

하지만 이상한 일이었다.

'혼이 보이지 않는다.'

본래라면 영혼 착취를 통해 타칸을 제거할 수 있어야 한다.

한데 머리 위에 영혼이 떠오르지 않았다.

어쩌면, 혼 자체를 저당 잡힌 채 조종당하고 있는 것일지도 모른다.

'하나…… 모든 령의 중심에 타칸이 있다.'

참으로 파란만장한 녀석이다.

어느새 령들의 우두머리처럼 군림하게 된 모양이었다.

'죽여야겠군.'

두근! 두근!

심장이 뛴다.

전장의 영향일까?

아니면 간만에 타칸을 재회해서일까.

무영은 비탄을 한 차례 털어내며, 타칸을 향해 발을 옮겼다.

배승민.

아크 리치가 된 이후 그는 무영의 충실한 종이 되었다.

하여 무영의 힘과 그 근원에 대해서도 어느 정도 안다고 할 수 있었다.

'빨리 이 벽을 뚫어야 한다.'

대도시는 외부에서 봤을 때 붉은 벽에 뒤덮여 있었다.

배승민은 그 벽의 일부분을 뚫어내고 있는 중이었다.

힘은 어느 정도 회복이 되었고, 지식은 뒤섞인 공포의 것으로도 충분하다. 그러자 무영을 비롯한 다른 언데드의 기운들도 느낄 수 있었다. 엄청난 집중을 요하는 일이었지만, 덕분에 타칸의 생사도 확인하였다.

'주인님, 타칸을 죽이면 안 됩니다.'

배승민의 손이 붉은 벽을 반쯤 뚫었다.

그에 비례하듯 배승민의 손도 망가졌다가 재생하길 반복했다. 벌써 수십 개의 마법을 뚫었지만, 아직도 절반이 남았다.

하나 배승민은 다급했다.

월하.

타칸의 기운을 확인한 즉시 놈의 의도를 알아버렸기 때문이다.

'타칸은 미끼입니다!'

월하는 아수라를 안다.

아수라의 사도가 무슨 힘을 다루는 지도 안다.

왜냐하면, 월하는 인간이되 인간이 아닌 탓이다.

월하는 뱀이다. 마후라가의 진정한 분신이었다.

처음엔 몰랐다.

하지만 고대의 정령인 뒤섞인 공포의 지식을 훑어보니 그와 관련된 사항이 나왔다.

본래는 금지된 일.

신의 외유는 철저하게 해서는 안 되는 짓이었다.

하지만 마후라가는 과거에도 비슷한 일을 벌인 적이 있었다.

신을 만드는 것!

온갖 정령과 요정을 이용해 실험을 하였다.

그때 뒤섞인 공포도 후보군으로 올랐다. 그러나 뒤섞인 공포는 세계수를 흡수한 뒤 반신은 되었으나 진정한 신이 되지 못해 버림받았다.

당시에는 실패했고 다시금 절반이 아닌 진정한 신을 만들고자 도전하는 것이었다.

어쨌거나 타칸은 미끼다.

'주인님께서 타칸을 죽이면 그가 깨어난다. 지금 주인님의 몸으로 그를 감당할 순 없어!'

그.

정확한 이름은 배승민도 모른다.

하지만, 타칸과 마찬가지로 '아수라도에 갇혀 있는 왕'이라는 건 안다.

물론 왕이긴 하나 타칸과 같은 수준도 아니다.

그 존재는 마치 신과 같음이라.

결국 무영은 월하처럼 신체를 빼앗기게 될 것이었다.

그것이 월하의 속임수고 미끼다. 타칸과 무영이 반드시 부닻치게끔 만들어서 아수라에게 타격을 주는 게 그의 속셈이었다.

어쩌면 아수라도의 왕을 소환해 자신이 부리려는 것일 수도 있고.

지이이이익!

배승민이 마침내 벽을 뚫었다.

동시에 그림자와 동화된 배승민이 바닥을 타고 이동하며 순식간에 무영이 있는 장소로 향했다.

“아…….”

전장. 피 냄새가 진동하는 장소.

그곳의 중심에 무영이 있었다.

무영의 검이 타칸의 심장 부위를 꿰뚫고 있었다.

바하무드와 합공한 결과 타칸의 빈틈을 만드는 데 성공한 것이다.

심장은 타칸의 정수가 모인 부위.

결이 있는 장소였다.

크아아아아아악!

그러자 타칸이 비명을 내질렀다.

동시에 검은 기류가 타칸의 전신에서 흘러나오며 무영의 몸으로 흡수되었다.

“물러나십시오!”

배승민이 다급히 무영에게 다가갔다.

타칸에게 연결된 것을 떨어지게 하기 위함이었다.

투우웅!

하지만 검은 장막이 생성되어 배승민을 튕겨냈다.

장막은 순식간에 무영을 삼키고선 그대로 울렁이기 시작했다.

두근! 두근!

그 모습은, 거대한 검은색 심장과도 같았다.

타칸은 강했다. 놀랍도록 강해졌다. 바하무드와 힘을 합치지 않았다면 무영 홀로는 힘들었을 것이다. 단순한 능력치적인 측면 외에도, 타칸의 기량 자체가 뛰어났기 때문이다.

하지만 승자는 무영이었다.

'결'을 보고 꿰뚫었다.

세상 어느 것도 결을 뚫리고서 멀쩡할 순 없다.

하지만…….

"나를 깨웠느냐?"

어두운 세상이었다.

그 중심에, 무영과 똑같이 생긴 남자가 왕좌에 앉아 있었다. 왕좌는 낡고 녹슬어 있었다. 그 뒤로는 하늘까지 솟은 얇은 탑이 있었는데 역시나 곳곳에 균열이 가 있었다.

"너는 누구지?"

"나를 모르고 깨웠단 말인가?"

그가 웃었다. 무영이 절대로 지을 수 없는 표정을 그는 자연스럽게 자아냈다.

"이곳은 아수라도이니라. 나는 아수라의 부탁으로 아주 오랜 시간 이곳을 다스리고 있었지."

아수라. 그를 옆집 친구처럼 말하는 이자가 누구인지 점점 더 알 수가 없었다. 아수라도라면 무영이 깨달은 여섯 가지 세상 중 한 곳이다.

'멀더던이 말한 적이 있었지. 봉인된 존재가 있다고.'

그리고 그 존재가 무영과 똑같이 생겼다는 이야기를 얼핏 들은 기억이 있다.

당시에는 흘려들었지만, 설마 그 존재와 마주하게 될 줄이야.

타칸을 죽인 영향일까?

"긴 시간 나는 이곳에 있었다. 기억도 안 날 정도의…… 억겁의 시간을 말이다."

그는 지쳤다.

아수라도는 굉장히 무료한 장소였다.

이곳에서 빠져나가고 싶었지만 그럴 수가 없었다.

"넌…… 누구냐."

무영은 오한을 느꼈다.

전신이 떨렸다. 감정을 철저하게 지배하는 무영조차 본능이 '경고'하고 있었다.

도망가라고. 이자는 이미 선을 벗어난 존재라고!

하지만 움직일 수조차 없었다.

하여 물었다.

상대를 알면 조금이라도 미지의 공포에서 벗어날 수 있으리라 판단한 것이다.

그가 다시금 웃었다.

"나는 루키페르. 이곳에선 악령군주로 활동하고 있으나, 사람들은 나를 루시퍼라고 부르더군."

타락한 천사 루시퍼.

무영의 동공이 흔들렸다.

마계엔, 이 세상엔 천사가 없다.

있다면 오로지 악마뿐.

한데 천사였던 자가 나타났다.

천천히 그가 일어났다.

그리고 조금씩 무영에게 다가왔다.

"이제 네 몸을 내게 다오."

37장
권능 포식자

무영은 눈을 떴다. 이어 세상을 바라봤다. 거친 바람과 공기의 입자가 피부로 와 닿았다.

가장 먼저 느껴지는 건 청량함.

코끝을 스치는 피 냄새마저 새로운 충격으로 다가왔다.

얼마 만에 맡은 향기인가.

얼마 만에 느끼는 체온이란 말인가.

손을 뻗자 감각이 있었다. 너무나 오랜 시간 무료하게 보내다 보니 잊어버린 것이 하나둘 떠오르기 시작했다.

'불완전하군.'

하지만 이 육체는 너무나도 형편이 없었다. 자신의 본신에 비하면 비교조차 창피할 수준이다.

무영…… 아니, 루키페르는 쯧 혀를 찼다.

그러나 나쁘지 않다.
격에 맞지 않는 옷을 입었지만 자신의 신위가 어디 간 건 아니니까.
루키페르가 시선을 옮겼다.
반쯤 분쇄된 뼈다귀가 바닥을 굴러다니고 있었다.
이놈 역시 눈에 익다.
“타칸, 일어나라.”
스아아아악!
손에서 불투명한 기운이 뻗쳐 나갔다.
이윽고 타칸을 감싸자 뼈가 재구성되며 이내 완전한 모습을 갖췄다.
‘기분 나쁜 기운이 섞여 있군.’
하지만 천마의 보랏빛 기운이 타칸에게 섞여 있었다.
정확히는 타칸이 쥔 검…… 저기에 몰려 있다.
루키페르가 타칸의 검을 빼앗았다.
부르르르르르르르!
보랏빛 기운, 천마의 힘이 미친 듯이 요동쳤다. 마치 발악이라도 하는 듯하다.
하지만 이내 잠잠해졌다.
힘 싸움에서 루키페르가 압승한 것이다.
투웅!
할 일을 다 했다는 듯, 루키페르가 검을 쓰레기처럼 바닥에 버렸다.
그러자 타칸이 정신을 차렸다.
"여, 여긴? 내가 왜 전장에 있는 것이냐, 무영?"
타칸이 눈을 끔뻑이며 루키페르를 바라봤다.
루키페르도 타칸에게 시선을 주며 입을 열었다.
"내가 아직도 무영으로 보이느냐?"
"그럼 네가 무영이 아니면……."
이내 이상함을 느낀 타칸이 잠시 침묵했다.
그러곤 한 발자국 물러섰다. 고작 한 발자국이지만, 그 안엔 많은 의미가 내포되어 있었다.
저돌적이고 돌진밖에 모르던 타칸이 망설임을 갖게 된 것이다.
"루키페르 님?"
"이제야 날 알아보는군."
"하지만 그 몸은……."
"놈의 영혼은 내가 먹어치웠다. 인간치곤 제법 양질의 영혼이더군."
뚝!
타칸이 멈췄다.
루키페르는 아수라도의 진정한 군주다. 타칸과 또 다른 왕이 따르는 지도자.
하지만 아수라도를 벗어난 타칸은 독립적인 개체로서 움

직이길 바랐다.

한데 다시금 루키페르에게 얽히고 만 것이다.

타칸의 심정이 복잡해졌다.

무영에겐 배울 게 많았다.

반면 루키페르에겐 배울 수가 없었다. 그는 천성적으로 강한 존재였고 격의 차가 너무 많이 나는 탓이다.

태어나서부터 강하다는데 무얼 어떻게 배우겠는가.

'혼이 먹혔다면 다시 볼 일은 없겠지.'

루키페르가 실수를 할 리는 없었다.

혼이 먹혔다면 이는 소멸을 의미했다.

앞으로는 절대 무영을 못 본다는 의미다.

묘한 기분이었다.

함께 보낸 시간도 짧고 좋은 기억도 딱히 없건만.

"너의 오랜 친우가 너를 많이 보고 싶어 하더구나."

"칼라 말씀입니까? 놈은 제 친구가 아닙니다."

칼라는 아수라도에서 타칸과 라이벌 구도에 있던 왕이다. 타칸이 악령 포식자라면 칼라는 악령 구도자다.

서로 정반대의 성향.

스스로를 악령의 '왕'을 칭하며 경쟁을 마다치 않았다.

"네가 나왔듯이 칼라도 나와야 좋은 구도가 완성되지 않겠더냐? 마침 이 몸은 쓸 만한 걸 익히고 있구나."

타칸은 데스나이트의 몸을 빌려 현세에 나왔다.

루키페르는 무영의 영혼을 먹고 몸을 빼앗았다.

칼라도 마찬가지다. 빙의할 몸이 필요하다.

루키페르가 손을 들었다.

그러자 주변의 시체에서 모든 피가 빠져나와 모여들었다.

곧 주변에 둥그런 마법진이 형성되고 피들이 나머지 공간을 가득 채웠다.

피가 모이자 건장한 남성의 모습으로 갖춰졌다.

핏빛 망토를 두르고 날카로운 이빨이 나 있는 그 모습은 영락없는 뱀파이어였다.

곧이어 남자가 청광색의 눈을 떴다.

그러곤 루시페르를 향해 무릎을 꿇었다.

"칼라가 악령군주를 알현합니다."

"네 몸으로 구성된 건 진조 뱀파이어의 모방품이다. 본래 너의 종족이 그러했으니 움직이는 데 큰 무리는 없을 것이다."

"영광입니다."

칼라가 슬쩍 고개를 들어 타칸을 바라봤다.

타칸은 시선을 돌려 버렸다. 마음에 들지 않는 놈이 나타난 탓이다.

하여간 루키페르가 나타난 이상 타칸은 더 자유롭지 못하다. 타칸은 그를 수행하며 그가 바라는 것을 행해야 했다.

잠시 후 칼라가 물었다.

"하온데 군주시여. 이곳에서 무엇을 하시려는 겁니까?"

"우선…… 주제도 모르고 감히 신의 흉내를 내는 녀석을 끌어내려야겠지."

루키페르는 엄밀히 말해서 신이 아니다.

신이 될 뻔한 존재였지.

그렇기에 주제도 모르고 날뛰는 녀석은 영 보기가 싫다.

'감히 나 악령군주를 움직이려 해?'

더불어서 이 모든 게 누군가의 합작품이라는 걸 생각하면 기분이 언짢았다.

타칸에게 덫을 심어 무영과 싸우도록 한 뒤 자신이 나오게 누군가가 조작했다는 걸 모를 루키페르가 아니었기에.

"그럼 주변의 인간들부터 다 죽이시겠습니까?"

루키페르는 나약한 인간을 싫어한다. 주변에 허락하지 않은 존재가 있는 것도 마찬가지다. 평소의 루키페르로 보자면 주변의 인간은 단 한 명도 살아남을 수 없다.

"아니, 그보다 더 기분 나쁜 기운이 넘실대는군. 놈들부터 죽이겠다."

칼라가 살짝 놀랐다.

평소라면 그냥 쓸어버리라고 명했을진대.

이내 루키페르가 천마의 사도들에게 눈을 돌렸다. 인간도 인간이지만 저 짝퉁 신의 힘을 가진 자들이 더욱 거슬린다.

의아하긴 하지만 어쨌든 우선순위가 밀린 것이라고 칼라는 해석했다.

루키페르가 비탄을 뽑았다.

지이이잉.

비탄이 울었다.

하지만 공격적이었다.

무영이 아님을 알아본 걸까?

미물 주제에 주인을 가린다는 것도 웃기는 일이다.

피식 웃으며 루키페르가 한 차례 검을 휘둘렀다.

스와아아아아아아아!

거친 풍압.

검의 궤도가 그리는 방향으로 날카로운 검풍이 일었다.

그 경로에 있던 사도들의 머리와 허리가 양분되었다. 족히 삼백 명은 되는 인원이 단 한 번의 손짓에 생을 달리했다.

모두가 넋을 잃었다. 그러자 루키페르의 몸 주변으로 거대한 얼음 입자가 떠올랐다.

콰아아아앙! 콰아아앙!

입자가 순식간에 날아들어 주변 곳곳에 폭발을 일으켰다.

무영이 사용했던 영점 폭발과는 차원이 다른 파괴력이다.

'왜 인간의 반쪽짜리 마법을 사용하시는 거지?'

칼라와 타칸 모두가 고개를 갸웃했다.

루키페르. 악령군주인 그는 반신격에 이르는 존재다.

당연히 신위와 권능을 사용할 줄 안다. 그러한 것들은 혼에 깃들기에 신체가 바뀐다고 사용 못하는 건 아니다.

굳이 인간의 조잡한 기술을 사용하지 않아도 된다는 뜻.

루키페르는 힘을 숨기거나 하지도 않는다. 항상 최대의 공격으로 적을 눌러 버린다. 그를 생각하면 분명히 이상한 일이었다.

하지만 인간의 반쪽짜리 마법을 사용하는 것만으로 순식간에 수천에 달하는 군세를 죽였다.

"이대로 군주께서 싸우는 걸 지켜만 보고 있을 순 없지."

칼라가 먼저 일어났다. 도전적으로 타칸을 노려보면서 말이다. 동시에 수만의 박쥐로 분해되어 전장을 휩쓸었다.

타칸은 멍하니 그 모습들을 바라보고 있었다.

이 싱숭생숭한 기분을 어찌 표현해야 할지 모르겠다. 현세로 온 뒤 처음 만난 인연이라서 그런 것일 수도 있겠다만…….

타칸이 떨어진 검을 쥐었다.

'나는 그저 따를 뿐이다.'

이제 더 이상 무영은 이 세상에 없었다.

한순간이었다.

전황이 뒤집히고 적들이 비명을 내지르며 죽어가는 건.

단 한 명의 남자가 모든 걸 바꿨다.

무영!

저 모습. 정말 태양신의 사자란 말인가?

모두가 열광했다. 모두가 무영의 이름을 불렀다.

"태양신이시여!"

"태양신께서 우리를 굽어보신다!"

그의 힘은 평범한 이치로 생각하기 어려웠다.

손짓 한 번에 수백 명이 죽어 나가는데 누구도 그를 막지 못했다.

하지만 본래의 힘과는 살짝 다르다. 마치 다른 사람이라도 되어버린 것 같다.

그래도 태양 길드의 사람들에겐 상관이 없었다. 지금 무영은 그들에게 태양신, 그 자체였으므로.

결국 사령세가와 무율세가, 천마의 사도들은 철저하게 파멸했다. 중간에 흉비쉬가 난을 일으켜 도망조차 치지 못했다.

"인간들이 주제를 모르고! 감히 태양신 따위와 루키페르님을 비교하다니요. 명하신다면 저들 전원의 피를 빼앗고 절규하게 만들겠습니다."

칼라가 격노했다.

루키페르는 신이 되려다가 실패한 존재다.

덕분에 타락했지만 그래서 신에 대한 증오가 남다르다.

칼라는 루키페르가 응해줄 것이라 믿어 의심치 않았다.

하지만 결과는 반대였다.

"되었다. 현세로 나왔는데 한 번쯤은 아량이란 걸 베풀도록 하지."

아량?

루키페르와 가장 안 맞는 단어가 그의 입에서 튀어나왔다.
아수라도의 악령군주는 폭군이다. 타협이 없다.
그럴진대 아량이라니!
그때 누군가가 다가왔다.
칠흑의 로브를 뒤집어쓴 아크 리치다.
놈은 대뜸 다가오더니 넙죽 허리를 숙였다.
"주인님, 다행입니다! 무사하셨군요!"
"너는 누구냐?"
"접니다. 주인님께서 창조하시고 새 삶을 부여한 배승민 입니다."
"아아…… 배승민. 무슨 일이지?"
루키페르가 말했다. 한 치의 의심도 없다는 말투로. 도리어 말투에서 친근감마저 느껴졌다.
"제가 계속해서 따르도록 허락해 주십시오."
배승민의 태도가 이상했다. 저만한 아크 리치라면 몸의 주인이 달라졌다는 걸 느낄 수 있었을 것이다.
하지만 배승민은 대뜸 허리부터 굽혔다.
"군주시여, 놈의 의도가 수상합니다."
칼라가 반대했다.
루키페르가 고개를 저었다.
"칼라, 어차피 이 몸을 따르는 것이다. 그리고 이 녀석에게서 고대 정령의 향이 매우 강하게 난다. 이 냄새라면 한때

반신격의 존재였던 뒤섞인 공포이겠군."

같은 반신으로서의 친근감이라도 느낀 것일까.

루키페르가 이어서 말했다.

"나는 곧장 신의 흉내를 내는 놈을 보러 갈 것이다. 따라 가겠느냐?"

"예, 충성을 다하겠습니다."

배승민이 크게 읊었다.

이윽고 루키페르가 몸을 돌렸다. 그가 공중에 뜬 하늘 도서관을 바라봤다.

저곳에 자신을 꺼낸 누군가가 있다.

필시 의도가 있을 터. 그 자체가 매우 같잖다.

'건드리지 말아야 할 것을 건드린 자는 파멸하는 법이지.'

루키페르가 움직였다.

배승민은 그가 나타나는 걸 처음부터 보고 있었다. 그러나 거리를 두었다. 기분 나쁜 기운이 흘러나왔기 때문이다.

'그는 주인님이 아니다.'

지켜본 결과 알 수 있었다.

아예 다른 존재다.

경악할 격의 소유자.

진정으로 군림하는 자!

'이상하군.'

하지만 역시 이상하다.

알 듯 모를 듯 무영의 존재가 그에게서 비쳐졌다. 그래서 확인해 보았다.

배승민이 직접 나서서 충성을 맹세한 것이다.

아예 다른 존재라면 배승민을 배척할 것이고, 만약 배승민의 생각이 맞는다면 전혀 다른 반응이 튀어나올 것이었다.

'이제 알겠다.'

결과는 매우 만족스러웠다.

섞였다. 섞이고 있다.

정확히 말하자면 소멸한 줄 알았던 무영의 혼이 조금씩 루키페르의 혼을 집어삼키고 있었다.

어째서 혼이 남아 있는 것인지는 배승민도 모른다.

하지만 무영은 한 번 돌아왔다.

정확히 두 번 소멸시켜야 아예 사라지는 셈이다.

루키페르도, 배승민도, 어느 누구도 그 사실을 모른다.

덕분에 무영의 혼은 움직이고 있었다.

아주 은밀하게.

루키페르 스스로도 모르게끔 말이다.

속도는 느리지만 조금씩 혼의 영역을 침범하는 중이었다.

그 모습은 마치 살수의 표본을 보는 것만 같았다. 경지에 이른 살수가 암살 대상을 노리는 행동, 그 자체였다.

이대로 시간이 지난다면…… 혹은 어떠한 계기가 주어진다면.

루키페르는 자신의 죽음을 인지조차 못하고 무영에게 흡수될 터였다.

하늘 도서관으로 이어진 거대한 벽이 있었다.

이 역시 천마의 힘으로 말미암아 만들어진 것이다.

천마의 허락을 받거나 20개의 정수를 모아야만 들어갈 수 있도록 '조건'이 걸렸다.

하지만 루키페르는 누군가의 허락을 받는 존재가 아니다.

홀로 존재하며 조건 따위가 없어도 모든 걸 이룩할 수 있는 신위를 지녔다.

"얄팍한 수로군."

신을 사칭한 녀석이 만든 것치곤 나쁘지 않지만 그래도 같잖다.

루키페르가 보기엔 모든 게 부실하고 허약하기 그지없었다.

가만히 손을 댔다.

루키페르가 한 것이라곤 그게 전부다.

그러자 하늘까지 치솟은 벽이 흔들리기 시작했다.

쿠릉! 쿠르릉!

하나 사라지진 않았다. 도리어 천마의 힘이 더해졌다.

"반푼이 따위가!"

즈아아아아아아아악!

양손을 벽에 대고 그대로 찢어발겼다.

조금씩 벽이 갈라지더니 사람이 통행할 수 있는 길을 만들어냈다.

하지만 루키페르의 표정은 펴지질 않았다.

벽을 없애는 게 아니라 틈을 만드는 게 고작이라니.

본신이었다면 이런 벽 따위 단번에 파괴했으리라.

무영의 몸에 자신의 신위가 전부 깃들긴 아무래도 무리였기 때문에 이 정도가 한계인 듯했다.

'어디까지 발악하는지 보자꾸나.'

하지만 이 정도도 충분하다.

감히 되도 못한 반쪽짜리가 자신을 이길 수 있으리란 생각은 들지 않았다.

더불어서 타칸과 무영에게 수작을 부린 녀석.

그 녀석도 무사하진 못할 것이다.

루키페르가 슬쩍 하늘 위를 올려다보았다. 아무 것도 없는 장소지만 특정한 지점에서 마법의 낌새가 느껴졌다.

지켜보고 있는 것이다.

처음부터 알고 있었지만 일부러 내버려두었다.

어차피 놈이 도망갈 장소 따윈 처음부터 없었으니.

이어 루키페르가 뒷짐을 진 채 안으로 들어가자 타칸과 칼라, 그리고 배승민이 뒤를 따랐다.

월하는 모든 광경을 지켜보고 있었다.

루키페르도 그것을 눈치채고 있는 듯싶었다.

하지만 예상외였다.

"루키페르…… 루시퍼가 안에 있었단 말인가!"

안에 누군가가 봉인되어 있는 낌새는 느꼈다. 아주 강력한 존재. 깨어나거든 아수라의 사도인 무영을 집어삼키리라 보았다. 하지만 그게 루시퍼일 줄은 월하도, 마후라가도 예상하지 못했다.

기껏해야 고대의 괴물, 정령 따위가 튀어나오리라 여겼건만.

'아수라가 어째서 사도를 들였을까. 그리고 어째서 타락한 천사가 놈의 안에 숨어 있었던 것인가.'

팔부신룡 중 아수라와 사이가 좋은 이는 없었다.

오히려 서로가 죽이지 못해 안달이다.

그런 아수라가 사도를 들인 건 처음 있는 일이었다.

고민했다.

그 괴팍하고 악랄하고 자기 자신밖에 모르는 놈이 사도를 들인 건 초유의 사태였다.

하물며 타락한 천사의 존재도 의구심이 들었다.

천사는 마계에, 이 세계에 결코 존재해선 안 되는 존재.

마신들을 봉인한 레메게톤은 일종의 '문'이다. 지구와 마계, 정령계, 기타 온갖 세계가 이어지는 구실을 하는 문.

하지만 천계는 배제되었다. 72마신이 나오며 레메게톤 안의 모든 천사를 죽이고 천계와의 문을 아예 닫아버렸다.

그래서 이곳엔 천사가 없다.

아니, 없어야 정상이었다.

마신들이 그것을 지켜보고 있을 리 없으므로.

만약 마계에 천사가 있다면 그것이 '촉매'가 될 수도 있었다. 천계와의 문을 잇는 구실로 작용할 수 있다는 뜻이다.

그것이 설혹 타락한 존재일지라도 말이다.

때문에 이 사실을 알게 되는 순간 마신들은 어떻게든 루시퍼를 말살하려들 터였다.

루시퍼.

창세의 악마!

비록 72마신에 포함되어 있진 않고 그 힘도 타락하며 많이 약해졌다지만 그만한 존재라면 충분히 문을 열 수 있다.

천계의 문이 열리면 다시금 창세기 전쟁이 시작되리라.

'천계와의 문이 열리거든 결국 세계가 하나로 합쳐지겠지.'

누가 이길지는 아무도 모른다.

차원이 재정립되고 합쳐지는 건 빅뱅에 버금가는 일이었다.
'아수라…… 무슨 수작을 부리고 있는 것이냐?'
어쨌거나 루키페르가 나타났다면 그가 노리는 건 본체일 것이다.
더 나아가 신격화 중인 천마마저 없애 버리려 들 터.
물론 방비가 안 되어 있는 건 아니었다.
놈, 루키페르를 조종하고 흡수할 안배는 모두 갖춰져 있었다.
월하는 평범한 인간이 아니다. 인간의 탈을 쓴 마후라가다. 예측하지 못했다고 하여 타락한 천사 따위에게 당하는 것도 웃기는 일이었다.

지독한 냄새였다.
천마. 이놈은 정말 악취를 풀풀 풍기는 녀석이다.
대체 모체가 무엇이기에 이런 악취를 풍긴단 말인가.
"무영! 무영이다!"
"저놈이 그 제거 대상 1순위?"
"태양 길드의 대리를 제치고 1순위에 오른 그 녀석이란 말이지."
안에는 강한 사도들이 있었다.
천마의 힘을 갈구하며 들어온 이들. 비록 신앙이 크진 않지만 그들은 천마의 축복으로 인해 더욱 강력한 힘을 얻었다.

〈현상금: 천마가 무영에게 직접 현상금을 걸었습니다.〉
〈무영의 신체 부위 하나당 50,000점을 드립니다.〉

있을 수 없이 파격적이었다.
천마가 주는 점수로 무구를 사거나 축복을 강화시킬 수 있었다. 그리고 축복은 마약과 같았다. 한 번 겪으니 헤어 나올 수가 없었다.
부위 당 오만 점이라면 손과 발, 머리와 몸통을 고려해서 최소 30만점이다.
사도들이 눈독을 들이며 순식간에 루키페르를 둘러쌌다.
동시에 악취가 풍겨 루키페르의 미간을 좁히게 만들었다.
"그따위 냄새를 풍기며 내 앞에 서지 마라."
하지만 루키페르에겐 모두가 같잖았다.
고작해야 인간들. 반쪽짜리 축복을 받는다고 쓰레기가 재활용되진 않는다.
촤아악!
루키페르는 비탄을 휘둘렀다.
풍압만으로도 절반이 스러졌다.
쿠롸아아아앙!
거대하기 짝이 없는 용의 화염이 작열했다.

재도 남기지 못한 채 타버렸다.

"괴, 괴물……!"

"끄아악!"

그야말로 눈 깜빡할 사이.

사도들은 현저한 '격'의 차이를 느꼈다.

저자는 우리가 상대할 수 있는 자가 아니다.

괴물. 그것도 괴물 중의 괴물이었다.

한 명도 남김없이 주변을 정리한 루키페르가 위쪽을 바라봤다.

스아아아아.

망령들이 다가오고 있었다.

이곳, 대도시를 지키는 수호령 같은 것. 아무래도 천마에게 종속된 듯싶었다.

쯧!

되도 않는 수작질이었다.

시간벌기에 불과했다.

그것도 고작 몇 분.

"재롱은 다 떨었느냐?"

루키페르가 물었다.

하늘 도서관 쪽에 있던 모든 이가 죽었다.

사도도, 사령세가도, 모두.

이제 월하만 남았다.

루키페르는 본능적으로 월하가 이번 일을 꾸민 배경이라는 걸 알아보았다. 놈에게서 엄청날 정도의 악취가 났던 것이다.

하지만 월하는 여유로웠다.

"루시퍼."

"나를 아는 놈이로구나. 그렇다면 그리 여유롭지만은 않다는 것도 알 터인데?"

"알다마다. 루시퍼가 상대면 나라도 함부로 대할 순 없지."

"네놈은……."

루키페르의 눈이 월하에게 닿았다.

마치 분석을 하듯이.

그리고 가볍게 웃었다.

"네놈도 가짜였군. 가짜끼리 모여 무슨 수작질을 벌이려는 게냐?"

작당모의도 하필 가짜끼리 하고 있다.

가소롭기 짝이 없었다.

하지만 가짜가 아무리 발악해도 진짜는 될 수 없었다.

"루시퍼, 이곳이 어디인 줄 아는가?"

"시간벌기라면 집어치워라."

"이곳은 고대왕의 성이다. 정확히 말하자면, 고대왕의 '묘'이지."

월하가 비파를 들었다.

대도시는 본래 고대왕을 기리는 장소다. 모든 안배가 되어 있고 모든 것의 시작인 지점. 처음으로 '왕'이란 수식을 달았던 진정한 왕의 묘!

"묘는 죽음과 봉인을 뜻한다. 너는 이곳에 봉인되어 천마의 양분이 되어줘야겠다."

스르르.

비파를 튀기자 바람 소리가 났다.

동시에 대도시 전체에 바람이 몰아쳤다.

무언가 심상치 않음을 깨닫고 루키페르가 움직였다.

타칸도, 칼라도, 배승민도 움직였다.

촤악!

월하는 무방비였다.

루키페르의 검이 오른팔을 잘라냈다.

원래는 머리를 자르려 하였으나 비파의 소리가 움직임을 둔하게 만들었다.

하지만 월하는 비파를 떨어뜨리지 않았다.

스으으으윽.

이윽고 허공에서 수백, 수천에 달하는 손이 튀어나왔다.

손은 순식간에 루키페르를 붙잡았다.

"감히! 이따위 것으로 나를 삼킬 수 있으리라 보느냐!!"

처어억.

루키페르가 그 상태로 한 발자국 앞으로 걸어 나갔다.
월하도 놀랄 수밖에 없었다.
고대왕의 성은 반신격에 이른 존재도 가둬둘 수 있는 강력한 봉인구다.
그런데 인간의 몸을 빌려 신격이 흐트러진 루키페르가 그 봉인구를 버텨내고 있는 것이다.
전신에서 용의 불이 튀어나와 월하를 공격했다.
월하는 피할 수 없었다. 그대로 전신이 너덜너덜해졌다.
머리가 불타고 피부가 녹아내렸다.
쿵!
이어 루키페르가 비탄을 바닥에 박았다.
어느덧 조금씩 손에 의해 끌려가고 있었다.
"나 루키페르를 이따위 구속구로 가둬둘 수 있을 거 같으냐!!"
쿠와아아아앙!
하늘 도서관이 흔들렸다.
루키페르에게서 튀어나온 기운들이 땅을 갈랐다.
하늘 도서관이 천천히 무너져 내리기 시작했다.
봉인구에 잡힌 채로 저만한 힘을 낸다.
신이 될 뻔한 존재였다더니 과연 어마어마한 힘이었다.
하지만 구속구에 의해 이내 루키페르가 검은 구 안으로 빨려 들어갔다.

"저게 타락한 천사 루시퍼란 말인가……."

전신이 타버린 월하가 중얼거렸다.

타락한 천사라고 무시한 걸 철회했다.

만약 놈의 본체와 마주했다고 한다면 마후라가도 승리를 장담할 수 없을 것 같았다.

어둠이었다.

짙은 어둠.

루키페르는 분노했다.

감히! 반쪽짜리, 가짜 따위가!

아수라도를 나왔는데 다시금 봉인을 당했다.

어찌 열이 나지 않을 수 있겠는가.

그러자 반대편이 조명이 비치듯 밝아졌다.

뚜벅!

뚜벅!

누군가가 걸어왔다.

"정말 병신이 따로 없군."

냉정하기 짝이 없는 욕과 함께 등장한 남자.

루키페르도 알고 있었다.

자신의 모습과 유사하며 자신이 혼을 집어삼킨 놈이다.

"네가 어떻게?"

놈은 바로 무영이었다.

하지만 혼을 소멸시켰는데 어찌 존재할 수 있단 말인가?

허상은 아니다. 실제로 무영의 영혼이 느껴졌다.

더 정확히 말하면…… 무영은 이미 루키페르의 영혼 깊숙한 곳까지 스며들어 있었다.

이제는 제거할 수도 없다.

대체 어느 사이에 이런 일을 벌였단 말인가!

"힘이 있으면 뭐하지? 결국 사용자가 어린애와 다를 바 없는데 말이다. 짜증이 나서 병신이란 소리가 절로 나오는군."

힘이 있으면서 그따위로밖에 쓰지 못하냐는 질책이었다.

무영은 처음부터 루키페르의 행동거지 모두를 지켜보고 있었다.

그래. 머리가 있다면, 힘을 완벽하게 제어할 수 있다면 월하의 그 같잖은 수작에 넘어가지 않았을 것이다.

무영도 타칸이라는 미끼에 낚이긴 했지만 재차 이렇게 방법을 물색하지 않았던가.

그런데 루키페르는 욕만 하고 있다.

열불이 터지는 일이다.

"네놈……!"

루키페르의 얼굴이 붉게 달아올랐다.

어느 정도는 사실이었기 때문이다.

하지만 손을 댈 수도 없었다.

놈, 무영의 혼을 다시 소멸시키면 자신의 혼도 무사하진 못한다. 어떻게, 어느 사이에 파고들었는지 도저히 알 수가 없었다.

"천년만년 이곳에 갇혀 있을 생각이 아니라면 주도권을 넘겨라, 반푼이."

그것을 무영은 잘 알았다.

하나 여기에 계속해서 갇혀 있는 건 무영이 바라는 바가 아니다. 시간은 무엇과도 바꿀 수 없다. 루키페르의 혼을 모두 흡수할 때면 늦는다.

족히 수십 년, 어쩌면 백 년이 넘게 걸릴 수도 있는 일.

그래서 무영은 협상을 시작했다.

괴팍하고 독선적이며 자기밖에 모르는 루키페르를 상대로 말이다.

반푼이!

루키페르의 동공이 흔들렸다. 살면서 그는 이런 모욕을 당해본 적이 없었다. 신이 되고자 도전하고 실패했을 때조차 모두가 그의 힘을 두려워할 뿐이었다.

그런데 이놈은 뭐란 말인가.

이곳은 봉인구이자 정신의 세계다.

이곳에 한하여 루키페르는 본신의 힘을 그대로 되찾았다. 당연히 반신격에 오른 자신의 힘을 무영도 느끼고 있을 것이다.

하지만 무영은 눈 하나 끔뻑하지 않았다.

할 테면 해보라는 듯.

"죽고 싶은 게냐?"

루키페르가 말했다.

하나 무영은 도리어 미소 지을 따름이었다.

'겁먹은 개가 따로 없군.'

겁을 먹은 개일수록 더 크게 짖는다.

루키페르. 어차피 지키지 못할 말을 왜 굳이 입에 담는지.

이래서 어린애와 다를 바가 없다고 한 거다.

태어날 때부터 루키페르는 강자였고 엄청난 신위를 손에 넣었다.

아무런 고민도, 걱정도 없이 그저 살아왔다.

때문에 아무리 그가 오랜 시간을 살았대도 100년을 못 산 무영만 못하다.

"계속 버텨봐라, 반푼이. 주도권을 넘기지 않겠다면 빼앗아 오면 그만이니."

"나를 상대로 빼앗겠다고? 하!"

가소롭다.

루키페르는 비웃고 말았다.

무영의 혼이 자신의 혼을 침범한 걸 아예 몰랐을 때에나 당했지, 알고 있는 이상 충분히 방어할 수 있다.

미개한 인간 놈이 반신에 이른 자신의 혼을 어찌 더 침범할 수 있단 말인가.

허언이다.

무영, 놈도 마음이 조급한 게 분명했다. 방대한 혼에 뒤섞여 어차피 조만간 그 형체조차 남지 않으리라.

"알고도 못 막는다면 네놈은 진짜 반푼이, 머저리다."

그러거나 말거나 무영은 다시 어둠 속으로 퇴장했다.

무영은 대살수다.

웡 청린을 죽이고 0번이 된 최강의 살수.

대상이 암습 사실을 알더라도 성공하고 마는 게 무영이었다.

시간의 차이일 뿐 단 한 번도 실패한 적이 없었다.

무영은 네 개의 각기 다른 클래스를 얻을 수 있었다. 그러한 가능성을 지녔다. 그만큼 영혼의 그릇이 넓기 때문이다.

클래스. 그와 관련된 힘은 영혼에 담긴다.

보통 한 가지 클래스를 얻으면 그 영혼은 가득 찬다고 말한다.

간단하게 생각해도 무영은 기준치의 네 배인 것이다.

하물며 성향이 다른 것들을 조합할 수 있다는 점에서 단순 계산을 초월하는 방대한 영혼의 소유자라는 점을 알 수 있었다.

하지만 루키페르는 그 사실을 모른다.

인간의 혼이 반신의 혼을 탐한다?

당연히 인간은 버티지 못한다. 스스로 파멸한다. 그게 상식이다.

하지만 무영은 상식 바깥의 존재.

파멸할 거란 생각이 자신의 착각이었다는 걸 깨닫는 데에는 오랜 시간이 걸리지 않았다.

"감히 인간 따위가!!"

무영은 어둠이었다.

정신의 영역에서 스스로의 몸을 숨기는 데 도가 텄다.

대체 어떻게?

정신이란, 영혼이란 본래부터 형체가 없다. 숨기는 건 말이 안 된다.

그런데 놈은 해냈다.

주변에 동화되어 빈틈이 생기면 루키페르의 영혼을 갈취했다. 그 양은 극소량이 불과하지만 불쾌하기 짝이 없었다.

'악령의 군주인 나보다 더 혼을 다루는 데 익숙하단 말이냐?'

있을 수 없는 일이다.

혼에는 형체가 없지만 기본적인 색깔이 있다. 그 사람의 인생 굴곡에 따라 색깔도 달라진다. 숨기고 싶어도 숨길 수 없는 게 그 때문이다.

만약 숨긴다면 그것은 혼이 백색인 자일 것이다.

하지만 혼이 백색인 자는 이 세상에 존재할 수 없다.

그런데 무영의 혼은 여러 가지 색깔이 있었다.

그것들이 합쳐지면 불투명한 백색이 되었다. 미치고 팔짝 뛸 일이었다.

'자기보호색…….'

루키페르는 카멜레온을 떠올렸다.

스스로의 몸을 보호하고자 주변 색깔에 동화되도록 진화된 동물.

그 정도로 능수능란했다.

루키페르의 생각은 반쯤 맞았다.

무영은 자신의 인격을, 혼을 지키고자 본능적으로 그렇게 진화한 것이다. 다른 이들의 상태창 시계를 빼앗으며, 이야기를 보며 정체성을 지켰다.

반면 무영 자신이 정확히 누구인지는 기억해 내지 못했다.

색깔이 여러 개일 수밖에 없는 이유다.

반대로 백색이 될 수도 있는 이유이기도 했고.

"두렵나?"

"……!"

불현듯 나타났다.

등 뒤에서 귀에 대고 작게 속삭였다.

고개를 돌렸을 때, 무영은 없었다.

루키페르는 어둠 속을 뒤졌다.

역시나 무영은 찾을 수 없었다.

"나와라! 쥐새끼 같은 놈!"

정신세계가 크게 흔들렸다.

하지만 그 음성에는 아주 미약하게나마 '불안함'이 섞여 있었다.

루키페르에게 무영은 미지였다.

여태껏 이런 자는 없었다.

수많은 악령을 다루면서도 단 한 번도 보질 못했다.

미지는 공포다.

루키페르는 지금 공포를 느끼고 있었다.

그것을 인정하기 싫어서 더욱 몸을 부풀렸다. 부풀린 몸은 표적이 되기 더욱 좋았다.

무한한 악순환.

마지막 희망은 반신격의 혼을 취하다가 자멸하는 것이다.

하지만 놈은 전혀 균열을 일으키지 않았다. 가져가면 가져가는 대로 흡수했다.

대체 어떤 인간이 반신격의 혼을 감당할 수 있단 말인가?

놈은…… 정말로 인간이 맞는 건가?

잡을 수 없다. 찾을 수 없다.

볼 수 없고 느낄 수도 없다.

귀신처럼. 아니, 귀신조차 아니다.

알 수 없는 무언가.

불가해(不可解)의 존재.

인간을 대상으로 이러한 감정을 느끼리라곤 상상도 못한 일이다.

"색이 없다. 향기가 없다. 형체가 없다……."

"나는 너의 망상이 아니다."

스윽.

다가왔다.

하지만 루키페르는 꿈쩍도 하지 못했다.

정곡을 찔렸다. 생각을 읽혔다.

알 수 없는 무영의 존재를, 루키페르는 망상으로 치부하려 했다. 상상의 산물이라면 저 모든 게 설명되는 탓이다.

더욱 무서운 건, 무영은 요구하지 않았다.

그저 끝없이 루키페르의 혼을 야금야금 갉아먹을 뿐이었다. 이대로 수십 년, 수백 년이 지나거든 루키페르의 혼은 형체도 없이 사라질 것이다.

인간에게 백 년은 긴 시간이지만 루키페르에게 백 년은 찰나와 같다.

그 인식의 차이가 루키페르를 더욱 공포로 몰아넣고 있었다.

무려 100년이 아닌 고작 100년.

인간으로 따지자면 1년 뒤에 죽음을 확정받은 셈이다.

'주도권…….'

육체의 주도권만 넘기면 그만인 일이었다. 이후 육체에 정착한 혼은 루키페르의 혼을 갈취할 수 없다.

하지만 단순히 주도권을 넘긴다고 이곳을 빠져나갈 수 있을까?

무영의 힘은 루키페르에 비하면 조족지혈이다.

루키페르가 빠져나가지 못하면 무영도 빠져나갈 수 없다.

"네놈에겐 이곳을 빠져나갈 방법이 있단 말이냐?"

"있고말고. 텅 빈 네 머리와 다르게 내 머리는 많은 생각을 한다."

모든 언행이 모욕적이다.

무영은 루키페르를 무시하고 있었다.

루키페르는 살면서 단 한 번도 이러한 무시를 받아본 적이 없었다.

"그 방법이 무엇이지?"

"주도권을 넘기면 알려주마."

"……좋다. 하지만 너 역시 하나를 내놔야 한다."

"말해봐라."

"너의 정체! 네 진정한 정체를 알려다오."

루키페르는 인정할 수 없었다.

자신이 느끼는 공포를. 그 공포가 미지에 근거한다는 사실도 알았다. 그러니 놈의 정체만 알아낼 수 있다면, 이 공포도 가실 것이다.

무영은 피식 웃었다.

자신의 진실한 정체성이라.

한 가지가 있긴 있었다.

"절대자."

이만한 정체성과 특징은 또 없다.

동시에 무영의 주변으로 붉은빛이 들어찼다. 천마의 그것처럼 역하지도 않고 오히려 신성한 느낌의 빛.

웃기는 말이지만 웃을 수 없었다.

'별의 선택을 받았다?'

그것도 절대자의 별이 선택했다.

루키페르는 당황했다.

하지만 놈은 절대자와 거리가 멀었다. 그럼에도 거짓이란 생각은 들지 않았다.

어쩌면 합리화일 수도 있다.

절대자의 별이 택한 자이니 자신의 혼을 감당할 수 있는 것이라고.

더는 이러한 되도 않는 숨바꼭질을 하는 것도 질색이었다.

루키페르가 입술을 꽉 깨물며 패배를 선언했다.

〈루키페르가 육체의 주도권을 건넸습니다.〉

〈권능, '혼의 결속'이 생성되었습니다.〉

〈이제부터 루키페르가 허락한다면 그의 힘을 빌릴 수 있습니다.〉

〈'권능 포식자'를 계승했습니다.〉

〈권능 포식자는 말 그대로 권능을 포식할 수 있는 힘입니다. 신격을 먹어치워 힘을 기를 수 있는 권리! 하지만 조심하십시오. 진정한 권능의 소유자들은 막강한 힘을 지녔습니다.〉

루키페르가 다시금 작아졌다.

혼의 우위에서 자신이 밀리리라곤 생각조차 못한 듯싶었다. 무영의 혼까지 숨기는 신출귀몰함이 그를 질리게 만든 탓이다. 만약 육체적 대결이었다면 루키페르가 절대 무영에게 패할 리 없었다.

"그럼 나가도록 하지."

자신의 승리가 당연하다는 것처럼 유유자적 움직였다.

무영은 거침이 없었다.

월하.

놈은 제법 대도시에 대해 연구를 한 듯싶다.

고대왕의 성이 천마를 부르기 적당한 장소라고 생각한 것이겠지.

하지만 그 이상으로 무영은 이 성에 대해 잘 알았다. 무영보다 고대왕의 성을 잘 아는 이는 없을 것이다.

'이곳은 묘다. 묘지기가 있게 마련이지.'

묘지기는 묘를 관리한다. 당연히 봉인도 풀 수 있다.

그리고 대도시의 묘지기는 태양 길드다. 고대왕의 봉인을 풀고 놈을 잡아 이 대도시를 세운 게 태양 길드였기 때문이다.

태양 인장!

그것이 열쇠였다.

무영에겐 그 인장이 있었다.

배승민이 쓰러졌다.

타칸도, 칼라도 월하를 막진 못했다.

조금의 차이.

월하도 힘을 많이 상실한 탓에 그다지 여유가 있는 상황은 아니었다.

"이 지긋지긋한 놈들. 죽어서 천마의 영양이 되어라."

장장 삼 일가량을 싸웠다.

놈들은 이미 죽어서 그런지 죽지도 않았다.

잘 지치지도 않았다.

끝없는 소모전.

이 지긋지긋한 싸움을 끝내고자 월하가 비파를 들었다.

지이익!

그 순간, 검은 구가 갈라졌다.

검 한 자루가 튀어나와 구를 자르자 그곳에서 무영이 튀어나왔다.

"네, 네가 어떻게?"

월하가 눈을 부릅떴다.

봉인구는 회심의 한 수였다. 루키페르마저 봉인할 강력한 힘을 지니고 있었다.

한데 봉인구에서 나올 수 있는 방법이 있었나?

있다손 치더라도 그걸 어떻게 루키페르가 알겠는가?

하지만, 자세히 보자 조금은 달라진 것 같았다.

루키페르가 아니다.

놈은…….

"지옥마, 유니콘."

히히히히힝!

곧이어 하늘에서 두 마리 말이 날개를 활짝 펼친 채 다가왔다.

검은색의 지옥마.

순백색의 유니콘.

둘은 오로지 무영만을 따른다.

본질을 볼 수 있고, 그래서 루키페르가 나왔을 때 몸을 숨긴 것이다. 하지만 진짜 무영이 나왔으니 더는 가만히 있을 이유가 없었다.

지옥마와 유니콘이 무영의 옆에 당도하자 월하가 말했다.

"무영."

그래, 무영이었다.

루키페르가 아니라!

그 사실을 깨닫고 월하가 가늘게 떨었다.

있을 수 없는 일.

반신격의 존재를 고작 인간이 몰아냈다고?

고작 사도 따위가 어찌!

정말로 루키페르를 몰아냈다면 이는 예삿일이 아니다.

그 진정한 뜻을 월하가 모를 리 없었다.

전혀 예측하지 못한 수. 심지어 대비조차 안 되어 있는 그런 수가 눈앞에 나타났다.

"내가 두렵나?"

무영은 말했다.

루키페르에게 한 것과 같은 물음.

그렇다.

월하에겐 또다시 무영이 미지가 되어버렸다.

알지 못한다는 건 공포를 불러일으키게 마련이고, 무영은 그 사실을 누구보다 잘 알았다.

그것을 이용할 줄도 안다. 기사회생이 따로 없다.

위기가 기회가 된 셈이다.

반면 월하는 자기 꾀에 자기가 넘어갔다.

타칸에게 그런 수작을 부리지 않았다면 무영이 이런 힘을 얻지 못했을 테니까.

루키페르가 나오지 못했을 테고 어쩌면 월하와의 싸움에서 패배했을 수도 있다.

무영의 눈빛이 스산하게 잠겼다.

균열의 파편.
그리고 놈이 가진 권능.
'다 먹어치워 주마.'

월하는 이미 힘이 빠진 상태다.
루키페르에게 기습적으로 공격당한 상태에서 배승민과 타칸, 칼라까지 상대했다.
"루키페르…… 님이 아니로군."
모든 이의 반응이 월하와 다르지 않았다.
타칸도, 칼라도, 루키페르가 '겉'에서 사라진 걸 믿기지 않아 하는 듯했다.
단 한 명.
배승민을 제외하곤 말이다.
"주인님, 나오셨군요."
무영이 전해준 천공왕의 왼팔이 반쯤 찢겨진 채 배승민은 고전하고 있었다.
재생조차 시키지 못하고 있는 걸 보면 마력을 전부 소모한 것이다.
그럼에도 배승민은 평온했다.
아니, 무영을 봄으로써 평온해졌다.
루키페르를 이겨낼 줄 알았다는 듯이.
스릉!

무영은 비탄을 꺼내 쥐었다.

마후라가.

음악의 신이며 불법을 수호하는 팔부신중 중에 하나다.

본래라면 거만한 성격을 버리고 겸손하게 기어 다녀 '복행(服行)'이라 설명되었지만, 월하는 그러한 것들과 거리가 먼 듯싶었다.

루키페르가 안에 있는 지금은 알겠다.

놈은 월하의 껍데기를 뒤집어쓴 다른 것이라고.

이래서 '가짜'라고 표현한 모양이었다.

"이런 일이 있을 순 없다!"

쿠아앙!

월하가 발을 크게 디뎠다.

대지에 구멍이 뚫리며 그곳에서 온갖 음이 흘러나왔다.

자신의 생각 바깥에서 일어난 일. 제어하지 못하는 재앙을 두고 월하는 크게 당황하고 있었다.

모든 게 자신의 손 안에서 움직일 것이라고 생각한 것인지.

만약 그렇다면 놈은 세상을 너무 만만하게 보았다.

그만한 판을 짜는 데에는 성공했지만 세상엔 뭐든지 변수가 많은 법이다. 적어도 놈은 최악의 수까지 상정을 해야 했다.

"촌극은 끝이다."

무영이 말했다.

이 일련의 일들 자체가 싸구려 촌극과 다를 바 없다.

대도시를 집어삼킨 뒤 신을 만들고자 하다니.

그것도 모두의 거짓 신앙을 빌미로 말이다.

누군가가 들었다면 헛웃음부터 흘렸으리라.

자신의 일이 촌극에 비유당해서일까?

월하가 굳은 표정을 지으며 비파를 들었다.

"반신격의 힘을 인간인 네가 온전히 가졌을 리 없다. 보나마나 허세에 불과해!"

디리링!

월하가 비파를 흘렸다.

수와아아아앙!

그러자 거센 태풍이 몰아치며 무영을 노렸다.

하지만 그를 지켜볼 지옥마와 유니콘이 아니다.

지옥마는 한 번 패함으로써 무영을 따르기로 하였고, 유니콘을 얻어 더욱 높은 충성심을 갖게 됐다.

유니콘 역시 마찬가지다.

악마에게 조종당하던 것을 무영이 구해줬다고 보아 그 은혜 갚기에 돌입한 것이다.

둘 다 최상급에 이른 괴물들.

하나하나는 월하에게 못 미치지만, 전혀 다른 성향의 힘이 합쳐지자 대항이 가능해졌다.

1과 1의 합이 2가 아닌 4, 혹은 그 이상!

콰지지지직!

지옥마가 공간을 압축했다.
유니콘은 뿔을 빛내며 그 공간을 월하에게 다시금 날려 보냈다.
"고작 미물들 따위가!"
어찌 보면 루키페르와 성향이 비슷한 것도 같았다.
월하는 인상을 한참 찡그리며 연달아 비파를 튕겼다.
지직! 지지지직!
수많은 음이 튀어나와 이내 소음이 되었다.
살을 뚫고 심장을 후벼 파는 느낌.
절로 몸을 움츠러들게 만드는 음이었다.
쾅! 콰콰콰쾅!
공간과 음이 만나며 그 사이에 수많은 흔들림을 낳았다.
주변의 모든 게 빨려 들어가기 시작한 것이다.
그 사이에서 무영이 움직였다.
전장을 겪고, 루키페르를 만나 얻은 건 '권능 포식자'뿐이 아니었다.
무영의 눈이 까맣게 물들었다. 곧이어 전신에서 죽음의 힘이 물씬 풍겨 나왔다.
죽음!
타락과도 밀접한 관계에 있는 그것.

〈죽음의 예술 스킬 랭크가 상승했습니다. A -> A+++〉

〈죽은 이들의 능력을 고스란히 복원하는 게 가능해졌습니다.〉
〈'죽음의 무도(無)'가 생성되었습니다.〉
〈죽음의 무도 - 공간을 초월하여 모든 것의 죽음을 접한다.〉
〈신조차 꿰뚫는 죽음의 힘. 이는 데스 로드의 권능입니다.〉

흉비쉬가 사용하던 죽음과는 질이 다르다.
무영은 죽음 그 자체와 접하는 게 가능해졌다.
아예 공간을 초월해 버리는 힘.
정확히 말하자면 '혼의 결'을 보는 기술이었다. 결이 물질을 파괴한다면, 혼의 결은 모든 걸 끊어버린다.
까맣게 물든 무영의 눈에 월하의 죽음이 보였다. 놈과 연결된 사신도 보였다.
저 사신…….
'마후라가.'
보는 순간 알았다.
놈이 마후라가라는 것을!
'월하의 몸을 빼앗았군.'
루키페르가 무영에게 하려한 것처럼 마후라가가 월하의 몸을 빼앗은 것이다.
하여간 무영이 보는 건 죽음의 세계다.
이제 신을 보는 것조차 가능해졌다. 아수라를 접하긴 했으나 실질적으로 보는 건 처음 있는 일.

신이라!

그다지 경외의 마음이 들거나 하진 않았다. 무영에게 믿음을 바라는 건 사치다. 무영은 오로지 자신만을 믿는다.

'죽음의 무도는 진짜 신조차 죽일 수 있는 가능성이다.'

마후라가는 생사를 초월했다.

하지만 보인다.

놈의 죽음이. 혼의 소멸이.

존재를 격하하고 그곳에 침을 뱉은 무영이 월하와 마후라가를 향해 달려들었다.

이제부터, 저놈을 벤다.

사아아악!

뿔이 솟았다.

두 개의 뿔이 솟자 세상이 느려지며 더욱 자세히 '보는' 게 가능해졌다.

소리에도 결이 있었다.

정확히 말하자면 소리는 물질을 통해 전해지는 것.

그 물질의 방향만 읽을 수 있다면 공략하는 건 어렵지 않은 일이었다.

쾅! 쾅! 콰아앙!

비탄이 음과 부딪칠 때마다 거대한 폭발을 일으켰다.

그럼에도 무영은 멈추지 않고 나아갔다.

촤악!

마침내, 그었다.

하지만 월하가 아니다.

월하의 뒤에 있는 마후라가다.

마후라가가 크게 흔들렸다. 고작 옷깃을 베어내는 수준에 그쳤지만 실체하지 않는 허상을 베었다.

신에게 타격을 입혔다.

"네놈, 무엇을 한 거냐?"

월하가, 마후라가가 물었다. 매우 놀란 음성으로.

루키페르조차 진정한 자신을 발견하진 못했다. 그런데 한낱 인간이 어찌 자신을 보고 베어낸단 말인가?

"어찌 미물 따위가 신인 나를……!"

주변으로 폭풍이 생성되었다.

음의 폭풍은 모든 걸 집어삼켰다.

지옥마와 유니콘이 쏘아낸 압축된 공간과 부딪치고, 대도시를 타격해 광범위한 피해를 주었다.

이어 월하가 비파를 버렸다.

양손을 들자 투명한 검이 생성되었다.

"네놈은 필히 죽여야겠구나."

마후라가는 무영에게서 '위험'을 느꼈다.

인간 주제에 신을 베어낼 권리를 가졌다니. 인정할 수 없다. 이대로 크게 놔두면 언젠가는 일을 그르칠 것이다.

그러니 그 전에 싹을 잘라야 한다.

더 이상의 헌신은 다소 무리가 가지만, 마후라가는 최선을 다해 무영을 죽이기로 마음먹었다.

김태환도, 히아신스도, 태양 길드와 휘광 길드도, 모두 하늘 도서관을 바라보고 있었다.

거대한 굉음. 곳곳에 생성된 폭풍.

'부디 무사하세요.'

히아신스가 중얼거렸다.

하늘 도서관에 오른 무영을 위해 해줄 수 있는 일이 없다. 다가가지도 못할 정도로 공방을 치열했다. 자칫 휘말렸다간 그대로 벗어나지 못할 것이다.

초강자로 분류되는 이들이 정찰을 떠났지만, 고개를 저으며 돌아왔다.

천마의 벽이 다시 생성된 탓이다.

외부에서의 침입을 아예 막아버리고 있었다.

벌써 수 일째.

그들은 가령들을 퇴치하며 그저 지켜만 보았다. 그리고 감탄했다. 때로는 경외하고 어쩔 땐 아쉬운 소리도 흘렸다.

싸움의 진행이 어찌되고 있는지는 모르지만 스케일 자체가 달랐다.

10강에 이른 이들이 싸우면 저러한 형태로 진행이 될 것 같았다.

10강은 서로가 불가침이다. 옛적부터의 전통과 같았다.

"마왕과의 전투를 보는 것 같군요."

압둘론이 히아신스의 옆으로 다가왔다.

"마왕과의 전투요? 보신 적이 있으세요?"

"대도시가 건설되기 전에 인류는 마왕들과 숱하게 싸웠습니다. 저도 마찬가지였지요. 알렉산드로 님도 그러했고…… 허."

안주한 지 수십여 년.

마왕은커녕 악마도 더 이상 보이지 않자 인류는 정체되었다. 그것을 꾸짖듯 천마의 시련이 내려졌다.

안전에 취한 인류는 시련에 너무나도 무력했다. 이전이었다면, 마왕들과 싸울 당시의 그들이었다면 이런 시련 따윈 순식간에 돌파했을 것이다.

그나마 지금도 무영이 아니었다면 상상만으로도 소름이 돋는다.

"이 시련이 지나거든 우리는 각성해야 합니다. 이전의 안락함은 잊고 말입니다."

압둘론이 강조했다.

쿠르르르르릉!

검은 번개가 몰아쳤다.

히아신스는 하늘 도서관을 바라보며 입을 열었다.

"무영 님이 무사하셨으면 좋겠어요."

"그는 강한 남자입니다. 그를 믿으십시오."

무영은 아직도 베일에 싸여 있었다.

압둘론조차 무영의 끝을 볼 수가 없었다.

그리고 마지막에 보인 그 신위. 태양신의 사자로 추앙받기 충분하지 않았나.

'믿어요.'

히아신스가 입술을 작게 깨물었다.

필히 죽여야 할 놈.

그러나 죽이지 못했다.

천재지변과 같은 싸움 뒤에 무릎 꿇은 건 월하다. 신의 힘을 받던 신체가 조금씩 녹아내리기 시작한 것이다.

월하가 절규했다.

"있을 수 없다! 이런 일은 있을 수 없단 말이다!!"

무영은 모든 걸 읽었다.

이미 육체가 약해질 대로 약해진 월하가 신의 힘을 더 강하게 받는다고 하더라도 한계가 있었고, 약해진 공격 따윌 파훼하는 일은 생각보다 쉽다.

과부하 상태가 되어 결국 신체가 녹아내리기까지 하고 있었다. 물론 그럼에도 단순 힘 대결은 무영이 밀린다.

하지만 무영은 이용할 수 있는 수가 많았다.

"네놈은 대체 누구냐? 너는, 네놈은 아수라의 사도 따위로 있을 녀석이 아니다!"

아수라, 데스 로드 그리고 킹슬레이어.

무영이 얻은 힘은 많다.

아수라는 그중 하나일 뿐.

천하의 마후라가도 그를 전부 읽진 못한 모양이다.

그것이 놈의 패착이었다.

무영이 월하의 목을 쥐었다.

뿌득!

그대로 꺾자, 생명이 스러졌다.

마후라가를 죽이진 못했지만 마후라가와 연결된 월하를 없앴다. 월하가 죽었으니 마후라가도 전처럼 쉽게 설치진 못하리라.

동시에.

〈불멸왕의 조각(2)을 손에 넣었습니다.〉

〈균열의 파편을 획득했습니다.〉

〈권능 포식자의 힘이 발동합니다.〉

〈권능 포식자의 힘이 중단됩니다.〉

중단되었다?

월하는 죽었다. 심장이 멎었다.

하나 온전히 멸하진 않았다. 미약하게나마 마후라가와 연결되어 있었다. 시퍼렇게 눈을 뜬 채, 그가 무영에게 말했다.

"이 몸을 영양 삼아 천마를 부활시키겠다. 어디 한 번 이것도 막아보거라."

마후라가는 어떻게든 무영을 죽일 생각이었다. 월하의 몸으로 힘들다면 천마의 힘을 빌려서라도.

스아아아악!

순식간이었다.

월하의 몸이 가루가 되어 흩날리기 시작했다.

가루는 하늘로 날렸고 하늘이 더욱 보랏빛으로 물들었다.

크아아…… 크아아아아!

언뜻 들으면 비명과도 같은 소리.

그러나 그 비명을 들은 무영의 심장이 빠르게 뛰었다.

이 느낌은 처음 루시페르를 마주했을 때의 그것이었다.

전율. 압도!

잠시 후 하늘에서 무언가가 내려왔다. 거대하기 짝이 없는 다리가 가장 먼저 보였다.

〈천마가 깨어났습니다.〉

〈그러나 절반만 완성되었습니다. 불안정합니다.〉

〈주의하십시오. 천마는 완전해지고자 모든 걸 자신의 영양으로 삼으려 할 것입니다.〉

쿠우우웅!

족히 100m를 넘는 거구!

금빛 투구를 썼으나 양손이 철구에 속박되어 있었다.

죄인처럼.

하지만 그 존재감은 무엇과도 비교할 수 없었다.

"요, 요정왕님이셔요."

우히가 몸을 떨었다. 본능적으로 두려움을 느낀 것이다.

스아아아악!

그때, 태양 거울이 빛나기 시작했다.

"응? 이게 왜 나한테……?"

타칸의 망토 쪽에서 흘러나온 빛. 그것이 빠르게 한 형상을 만들었다.

이 순간을 기다렸다.

빛만으로 이루어진 형상은 누구인지 알아보기 어려웠다.

하지만, 거기서 흘러나온 목소리만큼은 알 것 같았다.

'알렉산드로!'

무영은 눈을 부릅떴다.

그러나 생각을 이어갈 겨를도 없었다.

알렉산드로의 형상을 한 빛이 천마를 향해 쏘아지듯 튕겨져 나갔다.

38장
절대적인 무(無)

천마는 움직이지 않았다.

거대한 태산과 같은 위용으로 구속구에 얽힌 채 그저 비명만 질러댈 뿐이었다.

하지만 그 구속구조차 조금씩 떨어져 나가는 중이었다.

"요정왕은 큰 잘못을 저지르고 공허에 떨어졌대요. 우리 요정들의 세계도 함께 부서졌구요. 우히의 엄마가 그렇게 얘기해 줬어요."

우히가 몸을 바르르 떨며 무영의 어깨 위에 올랐다.

그러곤 강하게 무영의 목을 부여잡았다.

요정들은 자신들의 집이 없다.

인간이 대지 위에 존재하는 것처럼 그러한 토지가 없다는 뜻이다. 그래서 시련을 만들고 그 보상으로 집을 얻는다.

그 원흉이 지금 눈앞에 나타난 것이다.

'알렉산드로 퀸타르트!'

그가 무엇을 하려고 하는 것인지 감이 잡히지 않았다.

태양 길드의 길드 마스터. 인류 10강 중 일인.

그 외에도 수많은 수식어를 달고 다니던 그가 준비한 한 수다. 어쩌면 자신의 죽음조차 포장한 것이라고 무영은 생각했다.

무영이 아는 알렉산드로 퀸타르트는 자신의 이익을 위해서라면 무슨 수라도 사용할 작자다.

피도 눈물도 없다는 말 그대로인 인물.

그런 그가 사라졌다. 유일하게 태양 거울만을 들고서.

어쩌면 육체의 죽음으로 자신의 존재를 은폐하고, 사념 혹은 혼과 같은 걸 태양 거울 안에 몰래 담아둔 게 아닐까.

태양 거울은 말 그대로 거울이다. 본 것을 흡수하거나 저장할 수 있었다.

하지만 그걸 모른 월하는 방심했다.

가장 큰 걸림돌이었던 태양 길드와 그곳의 마스터가 죽는다면 시련의 성공이 당연하다고 생각했으리라.

그러나 무영이라는 변수가 나타나고, 알렉산드로마저 마지막 반전을 꾀했다.

그래, 반전…….

그가 아무런 이유도 없이 이런 복잡한 짓을 했을 리 없다.

노림수.

월하의 이목을 피해서 해야 할 일이 분명히 있었던 거다.

무영은 죽음의 무도를 발동시켰다. 그리고 빛의 형상을 한 알렉산드로가 천마에게 흡수되듯 들어가는 걸 보았다.

쿠아아아아아아아아아아아-!

천마가 비명을 내질렀다.

만들어진 왕은 스스로의 구속구를 던져 버리고 오열했다. 자신에게 들어온 걸 밀어내고자 발악하였다.

'영혼 동화!'

무영은 이맛살을 구겼다.

알렉산드로의 혼이 천마의 불안정한 혼을 덮고 있었다.

그제야 그가 노린 한 수가 뭐였는지 알 것 같았다.

태양 거울은 비춘 대상을 담거나 저장할 수 있다. 그리고 마(魔)를 몰아내는 강력한 힘을 지녔다. 지금 알렉산드로는 태양 거울 그 자체와 다를 바가 없었다.

마에 지배당한 천마의 혼이 강한 반동을 받을 수밖에 없는 이유다.

'처음부터 알렉산드로의 목적은 천마였다.'

전신의 털이 곤두섰다.

어찌해야 하는가.

알렉산드로가 천마를 삼킨다면, 그 다음은?

"아, 안 돼요. 저러면 안 돼요!"

우히가 벌떡 일어났다. 날개를 퍼덕이며 급히 날아가려고 하였다.

하지만 저 주변은 위험하다. 천마는 혼에도 타격을 입힐 정도의 격을 지녔다. 실체가 없는 요정이라도 맞으면 죽는다.

무영이 우히를 붙잡았다.

그러자 우히가 울먹이며 말했다.

“다른 게 나와요. 둘이 합쳐지면 그냥 다른 존재가 될 거예요!”

“다른 존재?”

“우히도 잘 모르겠어요. 그냥, 아주 위험한 느낌이 나요. 엄마는 우히의 이런 감이 잘 맞는다고 했어요.”

우히가 엄마라 부르는 존재는 요정들의 여왕이다.

무영은 이맛살을 구겼다.

다른 존재가 된다?

우히가 이런 적은 없었다.

하지만 감이 잡히지 않았다. 천마도, 알렉산드로도 아니면 누가 된다는 말인가?

“절대적인 무…… 도플갱어.”

우히의 눈이 한순간 몽롱해졌다.

마치 무언가에 쓰인 듯이.

이윽고, 천마가 비명을 멈췄다.

그러자 놀라운 일이 벌어지기 시작했다.

100m가 넘는 거구가 조금씩 줄어들어간다.

반으로.

다시 반으로.

계속해서 줄어들다가 인간의 형태를 만들었다.

분명히 몸은 알렉산드로였다.

하지만 빚다가 만 것 같이 이목구비가 없었다.

그저 입 하나만 얼굴에 달랑 달려 있을 뿐이었다.

"이상하군. 왜 얼굴이 없지?"

천마도 아니고, 알렉산드로 퀸타르트도 아니다.

정체 모를 존재가 자신의 얼굴을 만져 보곤 고개를 갸웃했다.

하지만 누구인가.

죽음의 무도로 바라본 놈의 형체는 아무것도 없었다.

절대적인 무(無).

뭐든지 될 수 있는 형질.

정말 도플갱어란 말인가?

도플갱어란 어떠한 모습으로든 변할 수 있는 상상속의 괴물을 이르는 이름이다. 이야기만 무성할 뿐, 마계에 도플갱어란 괴물은 존재하지 않았다.

존재했다면 인간들은 서로 뭉쳐 있지도 못했을 것이며 진즉에 파멸했을 것이므로.

'불길하다.'

하지만, 불길했다.
비단 무영만 그렇게 느끼는 건 아니었다.
타칸도, 칼라도, 배승민마저도 잔뜩 긴장하고 있었다.
신은 아닐진대.
왠지 모를 불길함으로 가득 차 있었다.
그러거나 말거나 놈이 자리에 서서 고개를 갸웃하다가 손뼉을 쳤다.
"유전자 정보. 그래, 그게 부족했군. 이 몸은 영혼의 정보로만 빚어졌으니 영혼에 맞는 유전자적 정보도 있어야 완성되는 거였어."
혼잣말.
자신의 반쪽짜리 몸이 마음에 들지 않는 모양이었다.
놈이 한쪽을 바라봤다.
정확히, 태양 길드의 길드원들이 모여 있는 투기장을 향해서.
무영은 인상을 구겼다.
스릉!
비탄을 뽑은 채 빠르게 움직였다.
놈은 불길한 존재다. 본능이 경고하고 있었다.
이대로 놔두면 돌이킬 수 없으리라고.
비록 월하를 상대하느라 심력을 소모했지만 아직이었다.
5초 정도는 4배로 느려진 세상 속에 머물 수 있다.

뿔 두 개가 솟고, 무영은 온 힘을 다해 나아갔다.

"어어?"

좌아악!

팔을 잘랐다.

스악!

가슴을 베었다.

토막을 냈다.

툭!

놈의 목이 바닥에 떨어졌다.

하지만, 죽지 않았다.

"너 재밌는 기술을 사용하는구나?"

얼굴만 바닥에 남은 녀석이 입꼬리를 말아 올렸다. 동시에 흩어진 몸이 모여들어 다시금 육체를 재구성했다.

'결마저 재생이 된다고?'

결대로 잘랐다. 죽을 수밖에 없도록 하였다.

하지만 복구되었다.

그 모습은 마치…….

'몸의 시간을 되돌렸다.'

결이 잘리면 반드시 죽는다. 생물인 이상은 그렇다.

하지만 신체의 시간을 되돌릴 수 있다면 타격을 입은 걸 아예 '없던 것으로' 할 수 있었다.

결을 베어내도 소용이 없다는 뜻.

"어떻게 하는 거지? 이렇게인가?"

놈이 무영의 행동을 흉내 냈다.

그러자 세상의 시간이 느려졌다.

"아! 이런 식이었군. 그런데 효율이 별로야. 이거 너무 빨리 지치잖아?"

느려진 시간 속에서 놈이 말했다.

무영과 같은 4배속.

'위험하다.'

어쩌면 마신보다 위험할 수도 있다고, 이제 막 태어났을 때 죽여야만 한다고 본능이 외치고 있었다.

무영은 비탄을 재차 쥐었다.

크아아아아앙!

용의 혼이 울부짖으며 그대로 놈을 덮쳤다.

인식할 틈조차 없이 아예 가루로 만들면 신체의 시간을 돌릴 수도 없을 것이다.

남은 시간은 2초.

무영은 모든 걸 쏟아부었다.

촤르르르르르르르!

잔상이 남을 정도로 빠른 움직임.

"그, 그만! 그만!"

놈이 외쳤다.

그걸 신경 쓸 무영이 아니다.

결국 가루처럼 놈은 조각났다.

무영은 미간을 구기며 크게 숨을 들이마셨다.

그 순간.

스르르르르.

재생이 된다. 가루가 뭉쳐 다시금 형상을 만들어냈다.

이 정도로도 안 된단 말인가?

하지만 무영의 의도가 전부 실패한 건 아닌 듯싶었다.

재생된 놈의 얼굴이 구겨졌다. 몸을 바르르 떨며 뒤로 물러났다. 표정이 없을 뿐이지 공포에 질린 행동 그 자체.

설마 무영이 이렇게까지 할 줄은 몰랐던 듯했다.

"무, 무섭다! 너 무섭다!"

도플갱어가 도망갔다.

투기장을 향해서.

태양 길드원들이, 히아신스가 있는 장소를 향해서!

하지만 무영의 이마에서 뿔이 들어갔다.

'루키페르!'

무영이 혼의 문을 두드렸다.

묵묵부답.

루키페르가 힘을 빌려준다면 모르겠지만, 억지로 주도권을 넘긴 탓에 당장은 힘을 빌려줄 생각이 없는 모양이었다.

빌어먹을.

무영이 내심 욕지기를 뱉었다.

'막아야 한다.'

그렇다고 손만 빨고 있을 순 없는 노릇.

무영은 모든 언데드를 소환했다.

검골 삼형제와 킹뮤턴트까지 불렀다.

"놈을…… 죽여라!"

놈을 막아섰다. 무영에게 당했다면, 다른 언데드들도 무시하진 못할 것이다.

검골 삼형제가 검을 놀렸다. 타칸을 비롯한 언데드들도 급히 가세했다.

"제발 그만! 끄아악!"

놈이 죽었다 살아나길 반복했다.

어디까지 재생할 수 있는지 보자!

무한히 가능하진 않을 터.

그렇게 수십 번을 죽이고 다시 재생했을 때였다.

불현듯 놈의 몸이 빛났다.

알렉산드로의 힘!

그중 은폐와 텔레포트를 사용한 것이다.

죽여도 죽지 않았던 알렉산드로가 마지막까지 살아남은 이유가 저 스킬에 있었다.

텔레포트의 경우 하루에 한 번밖에 사용하지 못한다는 제약이 있었지만, 위험을 벗어나기엔 더할 나위 없이 안성맞춤인 스킬이다.

놈이 죽음보다 더한 공포를 느끼자 본능적으로 사용한 것이었다.

빛 속에서 놈의 몸이 투명해졌다.

그리고 빛이 걷혔을 때, 놈은 그곳에 없었다.

도플갱어는 도망쳤다.

그는 이제 막 태어난 신생아와 같았다. 본래는 공허에 기생하며 살아가던 존재. 다만, 조금 더 많은 지식을 가지고 있을 뿐이다.

당연히 궁금증이 많을 수밖에 없었고 처음 만난 생명체인 무영에게 깊은 관심을 보였다.

하지만, 동시에 '공포'도 학습했다.

무섭다. 무영의 눈빛, 살을 베는 감각. 모든 게 두려웠다.

수십 번은 더 가루가 됐다. 다시 못 돌아오는 줄 알았다.

'내가 완성되지 않았기 때문이다. 완성되어야만 해!'

이런 일을 당하지 않으려면 완성뿐이 없었다.

영혼의 정보로 빚어진 몸.

하지만 몸을 형상하는 유전자가 부족하다.

그것이 가까이에 있었다.

'히아신스! 내 원래 유전자로 만들어진 인간!'

알렉산드로의 기억.

히아신스를 흡수하면 혼과 육체가 완벽하게 동화할 수 있으리라.

슈아아앙!

도플갱어가 투기장 안으로 텔레포트했다.

쿵!

그리고 바닥에 착지했다.

"저건 또 뭐야?"

"얼굴이 없잖아?"

"저것도 령인가? 일단 죽여!"

투기장 안에는 수천의 태양 길드 길드원이 모여 있었다.

그들은 갑자기 난입한 도플갱어를 죽이고자 무기를 빼들었다.

'무기 든 놈. 죽인다!'

무영에게 한 차례 당했기 때문일까?

도플갱어는 분노했다.

저들은 무영처럼 강한 것 같지도 않았다.

강자들은 색깔이 있는 령들을 사냥하러 나갔기 때문이다.

투기장 안에 있는 이들 중 진짜 강자라 할 수 있는 이는 매우 적었다.

잠시 후 도플갱어의 손이 무기로 변했다.

그리고 인간들이 사용하는 스킬을 그대로 복사한 뒤 반사했다.

얼음도, 화염도, 번개도, 모든 스킬을 자유자재로 구사하였다.

"아악!"

"스킬을 그대로 반사합니다!"

"아니야. 저건 가져가는 거다! 우리 스킬을 가져가고 있는 거야!"

깨달았을 땐 늦었다.

"꺼져라!"

도플갱어가 조금씩 자신감을 가졌다.

나는 약한 게 아니야!

하물며 히아신스를 잡아먹으면 더 강해질 수 있다는 확신도 있었다.

킁킁.

냄새를 맡았다.

자신과 비슷한 냄새를 풍기는 소녀가 지척에 있었다.

인간들이 두려움에 떨며 살짝 물러나는 순간, 도플갱어는 거대한 천막 안으로 달려 들어갔다.

"히아신스! 내 유전자!"

히아신스가 고개를 돌렸다.

안은 치료실이었다. 수많은 환자가 누워 있었고 히아신스는 그들을 치료하고 있었다. 바깥의 소란이 평소 령들과 싸우는 것인 줄 알았건만.

난데없이 들어온 침입자의 목소리를 들으며 히아신스가

말했다.

"……알렉산드로 님?"

"네 피가 필요하다!"

어찌할 겨를도 없었다.

눈 깜빡할 사이에 도플갱어가 다가왔다.

그리고 히아신스의 목을 물었다.

콰악!

천막 안으로 무영이 들어섰다.

첨벙!

바닥에 피가 흥건했다.

무영이 닥치기 전에 놈은 부랴부랴 도망쳤고, 그 결과 한 사람이 바닥에 쓰러졌다.

"무영…… 님."

히아신스.

소녀가 창백해진 얼굴로 작게 웃었다.

"무사……하셨군요."

무영은 가만히 다가갔다.

목의 상처를 막은 뒤, 맥을 짚었다.

지지직!

손을 대려고 한 순간 손이 튕겼다.

강력한 저주.

도플갱어의 이빨에 새겨진 저주가 히아신스에게 맺혀 있었다.

'늦었군.'

억지로 저주를 뚫고 히아신스를 살폈다.

이내 고개를 저었다.

단순히 피만 빨린 게 아니다.

생명을, 원천의 정기를 빨렸다.

강력한 저주가 있어서 엘릭서를 가져온대도 살아나기 힘들다. 성자의 축복이나 유니콘의 뿔이 있더라도 마찬가지.

하물며 그것들이 당장 정제된 형태로 있어야만 했다.

시간이 너무나도 부족하다.

"무사하셔서…… 다행……이에요."

히아신스가 손을 뻗었다.

하지만 무영에게 닿지 못했다.

그대로 히아신스가 고개를 떨궜다.

숨을 멈췄다. 아무런 말도 없었다.

아무런 말도 나오지 않았다.

'죽음.'

무영에게 죽음은 매우 익숙한 것이었다.

수천에 달하는 사람을 무감정하게 죽였다. 그중에는 영웅도 있었고, 악당도 있었고, 평범한 사람, 노인과 어린애들 또한 있었다.

그들을 죽이며 양심의 가책을 느꼈느냐?

그렇지 않다.

세뇌의 영향이라고는 하지만 이미 이 자체가 무영의 본성이었다.

하나 히아신스는 무영에게 순수한 호의를, 관심을 보냈던 소녀다.

아무런 대가없이.

마계에선 보기 드문 장면이고 찾는 게 거의 불가능할 수준의 감정이었다. 불현듯 머릿속으로 히아신스의 꽃말이 떠올랐다.

'겸손한 사랑이라.'

꽃말 그대로의 소녀였다.

하지만 도플갱어의 저주는 영혼 깊숙하게 박혔다. 죽어도 혼은 남아 있어야 하건만, 없다.

놈의 저주는 사람과 생명, 그 자체를 앗아가는 저주다.

그 이름답게 관련된 인간의 모든 걸 파멸시키는 그런 놈이었다.

어쩌면 혼조차 놈이 가져갔을 수도 있었다.

히아신스를 언데드로 만든다고 하더라도 속 빈 강정이 될 터. 냉정하게 따져서, 그다지 도움도 안 될 것이다.

팅! 팅그르르…….

무영은 바닥에 떨어진 반지를 내려다보았다.

'하울의 룬 반지.'

디아블로스를 만드는 데 필요한 제물.

미치광이 군주의 반지와 오리스스의 신좌를 모았다. 이 반지만 있으면, 제단으로 가서 디아블로스를 소환할 수 있다.

원래부터 이 반지를 노리고 히아신스의 옆으로 온 것이지 않던가.

그럴진대, 말로 표현하지 못할 복잡한 심경이 들었다.

히아신스는 마지막까지 무영을 걱정했다. 보통의 소녀였다면 아픔에 몸을 떨었을 테다. 저주로 인해 몸이 죽어가는 그 고통이 진저리칠 만큼 끔찍했을 텐데도.

무영은 조심스럽게 떨어진 반지를 들었다.

"편히 눈 감아라. 도플갱어는 내 손을 벗어나지 못할 것이다."

무영이 할 수 있고, 해줄 수 있는 일은 이 정도뿐이 없었다. 오로지 무영만이 가능한 추모의 형태.

무영은 더욱 표정을 굳혔다.

'제단은 만들면 그만이다.'

디아블로스의 소환 의식을 조금 앞으로 당겨야겠다.

제단은 별게 없다.

그저 비슷한 형태를 갖추고 제물만 제대로 바치면 그만이니.

다만 디아블로의 신도가 염원을 해야 하는데, 그 문제를 무영은 자력으로 해결하기로 했다.

'루키페르, 너의 신격을 빌려가마.'

힘이 아닌 격만을 가져왔다. 힘은 루키페르가 허락을 해야 나눠주는 거지만, 격은 이미 루키페르의 영혼을 흡수한 무영도 '흉내'는 낼 수 있었다.

루키페르가 와락 인상을 구겼다.

그러나 무영은 무시했다.

지금은 루키페르의 의견이 중요하지 않다.

이어 제단을 세우고 반지 세 개를 차례대로 올려놓았다.

'나와라.'

스팟!

번개가 튀었다.

무영은 루키페르의 반신에 달하는 신격을 흉내 내는 중이었다.

그러자 자석처럼, 무언가가 제단으로 끌려왔다.

〈세 개의 반지가 모두 모였습니다.〉

〈제단의 의식을 시작합니다.〉

의식이라 할 것도 없었다.

말이 디아블로이고 신도이지 사실 이것들은 시스템에 불과했다.

디아블로는 신조차 아니었으므로.

과거 강력한 존재였다는 문헌은 있지만, 그는 그저 무기를 봉인해 뒀을 뿐이다.

구색만 맞추면 소환되게 되어 있었다.

반쯤 무너진 하늘 도서관. 그곳에 어두운 안개가 몰려들었다. 안개는 세 개의 반지를 집어삼키고, 다른 하나를 내뱉었다.

〈'디아블로스(S+)'가 소환되었습니다.〉

붉은 용의 형상이 그려진 대검.

허공에서 천천히 내려오는 그것을 무영은 손에 쥐었다.

그리고 자세히 바라보자 관련된 내용이 떠올랐다.

명칭: 디아블로스

등급: S+

내구: 350,000(수리불가)

분류: 무기

효과: 사용자가 원하는 형태로 모습을 변할 수 있는 무기. 닿는 모든 걸 파괴하며 저주한다. 과거 디아블로가 사용하였으며 그 강력함 때문에 봉인되었다.

* 전설

* 닿은 적에게 '용마의 저주' 전파

* 힘+55

* 지능+40
* 모든 능력치+10
* 모든 결계 스킬 강화

S+!

불멸왕의 갑주와 같은 등급이다. 하물며 무기다. 좋은 무기는 구하기가 더욱 까다롭다.

'도플갱어의 신체에 흠 정도는 낼 수 있을 테지.'

무영은 생각했다.

도플갱어가 자신의 신체 시간을 되돌릴 수 있었던 이유를.

강력한 무기가 필요했다. 그저 잘라내고 썰어내는 수준으로는 안 된다. 닿는 순간 모든 걸 앗아버릴 강력한 무기가 있어야 했다.

이것만으로 충분하겠지만, 무영은 욕심을 냈다.

'먹어치워라.'

비탄을 들었다.

그릉! 그르릉!

그러자 비탄에서 묘한 소리가 나왔다.

디아블로스를 본 순간, 녀석의 탐욕이 발동한 것이다.

먹고 싶다고!

저 검을 내 힘으로 만들고 싶다고!

무영은 그리하도록 내버려 두었다.

그러자 비탄이 디아블로스를 원자단위로 분해하며 먹어치우기 시작했다.

〈'탐식'이 발동합니다. 비탄이 '디아블로스'를 흡수했습니다.〉

명칭: 비탄

등급: S++

내구: 357,888(수리불가)

분류: 무기

효과: 그레모리의 비탄이 담긴 검. 특수 조건이 개방된 상태.

* 신화(유일)

* 닿은 적에게 '진마의 저주' 전파

* 적의 피를 흡수해 체력으로 전환

* 탐식(검 흡수. 흡수한 검의 내구를 비롯한 모든 걸 가져온다.)

* 힘+75

* 투기+30

* 지능+45

* 모든 능력치+15

* 분노의 함성

* 모든 공격과 결계 스킬 강화

그르르릉…….

비탄이 만족한 듯 소리를 죽였다.

'힘이 넘쳐흐른다.'

놀라운 점은 또 있었다.

흡수하자 더욱 강화되었다. 기존의 능력에 추가가 된 셈이다. 본래 전설급이었던 무기가 신화급으로 탈바꿈했다. 이 위에는 이제 반신(초월)과 신급만이 남아 있을 뿐이다.

하지만 과거에도 S++등급 정도 되는 무구를 무영은 본 적이 거의 없었다.

손가락으로 셀 수 있을 수준.

그중 하나를 손에 넣은 것이다.

'진마의 저주?'

하지만 특이사항이 있었다.

용마가 아닌 진마의 저주.

–진마는 자기보다 작은 마귀들을 잡아먹습니다. 혼에 새겨지는 저주이며 성황의 축복으로도 풀어내기가 어렵습니다.

설명을 읽고 고개를 끄덕였다.

비탄의 전신에서 불길함이 흘러 넘쳤다. 그 수준이 도플갱어에 육박할 정도다.

놈 역시 마에서 태어난 존재.

누구의 저주가 더욱 강할지, 한번 따져 봐야겠다.

'그전에.'

무영은 도플갱어를 확실하게 사냥하고자 한 가지 수를 더 내었다.

"배승민."

"부르셨습니까, 주인님."

어둠속에서 배승민이 나타났다.

무영은 배승민의 목에 있는 목걸이를 바라봤다.

"탈리스만을 사용하겠다."

탈리스만!

그리고 마지막 하나 남은 리틀 위시.

두 개가 합쳐지면 진정한 '위시'를 만들 수 있음이다. 몇 개의 마왕군단을 물리칠 정도로 강력하기 짝이 없는 힘!

진마의 저주와 위시를 도플갱어가 동시에 견뎌낼 수 있을까?

아깝다고 할 수 있을지도 모르지만, 무영은 내심 고개를 저었다.

놈은 불길하다. 그리고 아직 보상이 나오지 않았다.

말인즉, 최후로 놈을 죽여야만 모든 게 정산이 된다는 뜻이다. 저만한 존재라면 위시에 버금가는, 혹은 그 이상의 보상도 바라볼 수 있었다.

충분히 투자할 가치가 있다는 말.

하물며…….

'너의 권능은 나의 것이다.'

비탄과 달리 아직 권능 포식자는 배가 고팠다.

—네놈, 무슨 짓을 하려는 게냐?

루키페르가 처음으로 입을 열었다.

탈리스만과 리틀 위시로 진짜 '위시'를 만들었을 때였다.

—그것은 대천사의 힘이다. 그걸 어찌 네가 갖고 있는 게냐?

"위시가 대천사의 힘이다?"

루키페르는 본래 천사였다. 타락하며 성스러운 힘을 잃었다. 그래도 천사의 계보 같은 건 누구보다 잘 알고 있었다.

—차라리 그 힘을 내게 다오. 너에게 협력해 주마.

일순 루키페르의 탐욕이 느껴졌다.

하지만 내키지 않았다.

위시는 성스러움의 결정체. 이걸 흡수한 루키페르는 과거의 신위를 되찾을지도 모른다.

그리되면 무영의 혼 따윈 빠르게 사라져 버릴 것이다.

협력해 준다는 소리도 사탕발림에 불과했다.

'대천사의 힘이라…….'

하지만 저 탐욕 덕에 건진 게 있었다.

위시가 진정 그러한 힘이라면 조금 더 구체적인 소원을 빌

수 있을 듯했다.

"위시."

「당신의 소원은 무엇입니까?」

바람이 살랑대며 남자인지 여자인지 알 수 없는 목소리가 귓가를 탔다.

곧 세계가 일변했다.

달이 아래에 있고 주변은 우주였다. 알 수 없는 행성. 그곳에 떨어진 건 무영뿐이었다.

—멈춰라! 그 아까운 것을 사용하겠다고?

—내게 넘긴다면 놈을 죽이는 데 전면적으로 협조하마. 차라리 그게 낫지 않겠느냐?

루키페르가 속삭였다.

하지만 무영은 듣지 않았다.

루키페르의 힘은 양날의 검이다. 그것이 무영에게 향할 수도 있었다. 놈을 온전히 다루기 위해서 필요한 것.

그것은…….

"대천사의 힘을 나에게만 부여해다오."

—미련한!!

루키페르가 절규했다.

눈앞의 기회가 날아가 버렸다.

위시를 사용하면 더는 물릴 수 없다.

하지만 위시도 한계가 있었고, 구체적이며 상한선에 근접할수록 더욱 좋은 효과를 얻게 마련이었다.

아니면 무작위로 별거 아닌 힘이 주어질 수도 있었다.

그런데 무영은 루키페르의 힌트로 말미암아 최대의 선을 건드린 것이다.

하지만 그 부여의 대상이 루키페르는 아니었다.

오로지 무영 자신뿐!

「7대 대천사 가브리엘의 축복이 사용자에게 전이됩니다.」

「가브리엘은 자비와 복수, 죽음의 대천사입니다.」

「'신성력'이 생성됩니다.」

「로드 클래스, '대천사'를 계승했습니다.」

여태껏 얻은 것과는 전혀 성향이 다른 클래스.

하나 무영은 네 개의 전혀 다른 성향을 가진 클래스를 가질 수 있었다.

설마 신성력과 관계된 것마저 가능할지는 몰랐지만 말이다.

그래서인지 반발도 일어나지 않았다. 너무나도 자연스럽게 그 힘을 받아들인 것이다.

로드 클래스, 대천사라.

—아아!!

루키페르가 전율했다.

설마 무영이 가브리엘의 힘을 얻을 줄은 꿈에도 몰랐던 듯 싶었다.

대천사의 힘. 그중 7대 대천사라면 아예 이야기가 다르다.

루키페르가 비록 치천사의 계급에 있었던 자라지만, 7대 대천사는 단순한 계급을 뛰어넘는 힘을 가지고 있었다.

그중 가브리엘이라면 루키페르와 비교해도 그다지 뒤지지 않는 천사였다.

저 힘. 저 힘을 가질 수만 있다면!

가브리엘의 신성력은 일반적인 신성력과 궤를 달리한다.

놈은 일반적인 천사라기보단 악마에 더 가까울 정도로 악랄하다.

하지만 결코 타락하지 않는다. 그럴 권한을 부여받았기 때문이다.

저 힘을 소유하면 자신의 타락도 무효화되리라.

루키페르가 탐욕을 일으켰다.

하지만 무영의 혼에 신성함이 깃들자 루키페르는 기겁했다.

—어찌하여 인간이!

여태껏 보여준 무영의 행보가 굉장히 특이하긴 했지만 이 정도는 아니었다.

천사의 힘마저 온전히 다룰 수 있다면 그 가능성은 상상을 초월한다.

갖고 싶었다. 저것은 본래 자신이 가져야 할 것이었다.

하지만 루키페르는 무영을 차마 건드릴 수 없었다.

건드리면 그대로 날아갈 것만 같았기에.

타락한 루키페르는 신성한 대천사의 힘 앞에 기를 펼 수 없었다.

'루키페르마저 두려워하는 힘.'

무영은 고개를 주억였다.

이 정도라면 충분히 도플갱어를 묵사발로 만들 수 있을 것 같았다. 한 번에 힘을 발휘해 적을 멸하는 게 아닌 무한한 가능성을 만들어냈다.

더불어, 무영은 이마를 만졌다.

뿔이 네 개로 늘어났다.

이것이 무엇을 의미하는가.

무영은 최대 3개의 뿔을 돋게 할 수 있었다.

하나당 두 배로 느려지며 8배속의 세계까지 경험할 수 있었다는 뜻이다.

하지만 지속 시간이 괴랄할 정도로 짧았다.

지금 무영의 눈에 보이는 세계가 그렇다.

'16배속.'

느리다. 한없이 느리다.

그 느려진 세상 속에서 무영은 다른 걸 보았다.

생명의 꿈틀거림. 자연의 움직임. 공기의 흐름과 바람의 속살까지.

문제는 5초.

원래 배속의 5초가 아니라 무영의 느낌으로 5초다.

이를 16등분하면 현세에서의 0.3초뿐이 되지 않는다.

하지만 0.3초를 5초처럼 활용할 수 있다는 건 여러 가지 의미를 시사했다.

적어도 이 5초 동안, 현세에서의 0.3초 동안 무영을 이길 자는 없을 테니까.

초월체가 아닌 이상엔 말이다.

"커헉! 후읍! 후읍!"

무영은 재빨리 뿔을 감췄다. 찰나에 불과했지만 파급력이 다르다. 눈이 빠질 것만 같았다. 심장이 쪼개질 것 같이 빨리 뛰었다.

'자주는 못 쓰겠군.'

네 개의 뿔을 드러내는 건 최후의 수였다.

마지막에 마지막까지 숨겨둬야 했다.

적이 인지하지 못할 정도로 짧은 시간, 0.3초 안에 모든 걸 끝내야만 했으니.

무영은 숨을 크게 들이마시며 고개를 털어냈다.

'상태창.'

달라진 점을 눈으로 확인하는 데 가장 좋은 게 상태창이다. 객관적인 수치만큼 눈에 들어오는 건 없었다.

칭호 –〉 어둠과 심연(모든 능력치+10)

전승 효과 –〉

(9가지의 전승 효과가 있습니다.)

(모든 능력치+35, 지능지혜+15, 망혼력+10)

직업 효과–〉

데스 로드(Lord class)

킹슬레이어(Lord class)

대천사(Lord class)

능력치–〉

힘 485(270+215)

민첩 477(288+189)

체력 450(280+170)

지능 495(240+255)

지혜 410(275+135)

투기 330(170+160)

마법 저항 525(125+400)

망혼력 410(260+150)

악성향 400(320+100)

신성력 300(200+100)

종합 레벨 : 475

특이사항 : 루키페르의 힘을 미약하게나마 흡수해 순수 능력치가 상승했습니다. 4차 각성을 완료했습니다.

착용&적용 중인 무구 :

비탄(모능+15, 힘+75, 지능+45, 투기+30)

12궁도 중 3세트(모능+30, 마저+140, 망혼력+40, 민첩+50)

불멸왕의 흉갑(힘+15,투기+30,체력+50,마저+80)

헤르메스의 장화(민첩+15)

해골장신구(힘+19, 민첩+4)

파멸의 하의-바론(민첩체력+20, 지능+30)

황야 세트(마법 저항+50, 지능지혜+20)

별빛(절대자의 별-모든 능력치+10)

한눈에 보기에도 무영의 성장은 남다르다.

월하와 싸울 때보다 더욱 순수 능력치가 높아졌다. 비탄이 디아블로스를 잡아먹었대도 어디까지나 보조 능력치. 순수 능력치의 이러한 변화에 대한 이유는 따로 있었다.

'4차 각성을 완료했다고?'

어느 사이에?

현재 무영의 순수 능력치로는 4차 각성은 아직 먼 이야기였다.

그러다가 무영은 한 손에 맺힌 성스러운 기운을 바라봤다.

어쩌면 위시를 사용한 순간에 4차 각성이 진행된 건 아닐까.

대천사의 신성력을 받아들이고자 몸이 알아서 진화한 것이다.

인지조차 하지 못했지만 강해진다는 건 좋은 거다.

이로써 단순 능력치 상으로도 무영은 인류 10강과 나란히 하게 되었다.

특히 마법 저항의 경우엔 500이 넘는다.

10강의 수준을 넘어 초월체에 근접한 수치.

어지간한 스킬은 이제 간지럽지도 않다.

'이런 걸 장비빨이라고 했던가?'

무영은 피식 웃고 말았다.

장비의 덕을 많이 보고 있긴 했다. 무영 정도로 장비의 영향을 많이 받은 인간은 없을 것이다.

천하의 알렉산드로도 이에 근접하진 못하리라.

하긴. 중요한 건 결국 종합하여 얼마나 강한 것인가이다.

10강도 장비의 덕으로 그만한 힘을 소유한 것이지 아니었다면 그 수준이 대폭 내려갔을 것이다.

'대천사의 스킬도 확인해야겠지.'

새로 얻은 클래스다.

자신과 관련된 정보를 확인하지 않고 싸우는 바보는 없다.

어차피 이제 막 얻은 클래스이고, 로드 클래스의 주력 스킬은 자동 등급 보정이 되지 않는다.

보나마나 최하위의 등급일 테지만 확인해서 나쁠 건 없었다.

무영은 상태창 시계를 돌려 나머지 정보를 떠올렸다.

스킬 명칭: 가브리엘의 날개(無)

설명 – 7대 대천사장 가브리엘의 날개를 소환한다. 가브리엘의 날개는 모든 정의를 규정하는 힘이다. 최대 7,777개의 깃털을 날려 적을 격살할 수 있다. 깃털의 파괴력은 신성력에 비례한다.

스킬 명칭: 정의 집행(無)

설명 – 자비와 복수 그리고 악을 멸할수록 순수 신성력이 올라간다. 이는 가브리엘만의 권리이며, 결코 타락하지 않는다.

스킬 명칭: 신성한 축복(F)

설명 – 모든 대천사가 가진 축복이며 회복 스킬. 신성력과 등급에 비례하여 회복의 범위나 속도가 달라진다. 하지만 이 축복의 힘은 능히 성황의 권능과 비견된다.

얻은 스킬은 세 개.

하지만 하나하나가 예사롭지 않다.

가브리엘의 날개마저 소환할 수 있다니.

무영은 스킬을 사용했다. 그러자 등의 피부를 뚫고 거대한 날개가 치솟아 올랐다.

촤악!

완전하게 펴진 날개는 두 개가 전부였지만 그 크기가 무영의 몸보다 컸다. 날개에 섞인 은은한 신성력은 무영이 보기에도 절로 경건함을 가져다주었다.

하!

무영은 헛웃음을 흘렸다.

천사의 날개라니!

그것도 다른 이도 아닌 자신이 천사의 날개를 가졌다는 게 믿기지 않았다.

가장 '천사'라는 단어와 어울리지 않은 인간이 무영 아닌가.

하지만, 이해했다.

가브리엘이 아닌 다른 천사였다면 무영은 결코 이러한 날개를 얻지 못했을 것이다.

'정의 집행. 결코 타락하지 않는 힘.'

이 하나가 무영을 정당화했다.

루키페르가 어째서 발악하며 갖고 싶어 했는지 스킬의 설명을 읽고 난 다음에야 이해할 수 있었다.

결국 무영이 하는 대부분의 행동이 '정의'로 인정받는다는 뜻.

그러한 권리를 공유했다.

가장 핵심적인 것이 바로 이 정의 집행이었다.

신성한 축복 역시 만만치 않다.

'성황에 비견되는 치유 능력이라.'

등급이 낮아 자주 쓰진 못하고 범위도 비좁겠지만 성황은 유일하게 신을 대리하는 인간이다.

성녀는 신의 제일사도라고 보면 되지만 대리자는 그 느낌이 완전히 달랐다.

당연히 성녀들의 힘도 성황 하나엔 미치지 못한다.

뮬라란 가장 깊숙한 곳에 있는 자.

무영은 그를 단 한 번도 본 적이 없다.

다만 소문만 들었을 뿐이다.

마신들이 쳐들어올 때조차 그는 거의 모습을 보인 적이 없다고 하니, 극도로 움직임을 조심하는 자임이 분명하다.

어쨌든 그가 움직이면 마왕들도 철수를 한다고 했다.

죽었던 이조차 살려낼 굉장한 이능을 발휘한다고.

그에 비견된다고 한다면…….

'조금만 빨랐다면.'

이 힘을 조금 더 빨리 얻었다면 히아신스를 살릴 수 있었을지도 모른다.

그러나 고개를 저었다.

결국 결과론이다.

디아블로스를 얻지 못했다면 도플갱어를 완전히 죽일 수 있으리라 자신하지 못했을 것이고 위시를 사용하지 않았을 터다.

아쉬움은 있다.

그러나 후회하지 않는다.

'어디 있느냐.'

이로써 모든 준비를 끝냈다.
무영은 고개를 들었다.
하늘은 황혼이다.
뉘엿뉘엿 날이 저무는 중이었다.

도플갱어는 얼굴을 얻었다.
미약했던 부분들이 보완되었다.
'나는 배가 고프다.'
하지만 부족하다.
영혼과 신체의 조화가 이루어졌대도 도플갱어는 더욱 많은 정보를, 힘을 얻고 싶었다.
하지만 도플갱어는 여전히 무영이 무서웠다.
무영의 눈을 피해 사람들을 잡아먹었다. 그들의 피와 영혼이 도플갱어에게 살을 붙였다.
와작! 와작!
쩝쩝!
뼈째 씹었다. 그 인간을 구성하는 모든 걸 입에 넣었다.
"맛있다!"
인간은 별미였다. 한 번 중독되면 헤어 나올 수 없었다.
도플갱어는 점점 대담해졌다.

어차피 대부분의 인간은 약해빠졌다. 자신을 막을 자는 거의 없었고, 인간을 잡아먹을 때마다 자신은 강해지고 있었다.

그들의 스킬도 자유자재로 구사할 수 있었다.

이대로 시간이 지나면 더 적수가 없을 것이다.

아니, 무영에 대한 공포도 사라지리라고 보았다

10, 50, 100…….

잡아먹는 숫자가 늘어날수록 도플갱어의 힘도 강해졌다.

도플갱어는 여기서 멈추지 않았다.

'령들도 꽤 맛있어 보이는군.'

귀신과 망령, 고대왕의 수호자까지.

실체가 없는 것들에 눈이 갔다.

하물며 령들은 도플갱어를 적으로 취급하지 않았다.

끼에에엑!

꺄아아아아악!

령들은 비명을 내질렀다. 그들의 주인이 그들을 잡아먹고 있었다.

애당초 그의 몸에 베이스가 된 건 천마와 알렉산드로다. 거기엔 월하와 악마도 섞여 있었다.

물질적, 정신적인 모든 것에 관여할 수 있다는 뜻.

'별미지만 조금 부족해.'

령들을 잡아먹을수록 덩치가 커졌다.

하지만 인간에 비하면 그다지 맛이 있는 편은 아니었다.

쩝!

도플갱어는 입맛을 다셨다.

그러나 인간은 모두 뭉쳤다. 각각으로 돌아다니는 이는 거의 없었다.

인간을 노리려면 뭉쳐 있는 지점을 공격해야 한다. 그리고 그러한 지점을 공격하면 무영이 나올 가능성이 높다.

'아니다. 이 정도면 놈도 이길 수 있다. 내가 놈을 가루로 만들 수 있다.'

도플갱어는 자신의 몸을 내려다보았다.

힘이 넘쳤다.

무엇이든 할 수 있을 것만 같았다.

쿵! 쿵!

도플갱어가 콧김을 강하게 뿜어내며 발을 옮겼다.

모든 인간이 투기장에 모여 있는 건 아니었다.

가장 작은 그룹부터 습격했다.

아무도 도플갱어를 막지 못했다.

"크하하하하!"

도플갱어는 신이 났다.

강한 인간도 하나둘 흡수해 나갔다. 이제 진정으로 자신을 막을 자는 없을 것만 같았다.

'나는 최강이다! 하지만, 배가 고프다.'

더 많은 인간을 먹고 싶었다.
투기장이 보였다.
지금이라면 누구에게도 지지 않는다.
“왔다!”
“문을 닫아!”
“원거리 사격! 마법사단은 다음 공격을 준비하라!”
인간들은 계속 당하지만은 않았다. 투기장은 철저하게 준비한 자들만이 모여 있었다.
하지만 그럼에도 도플갱어를 막진 못했다.
아니, 타격은 줬다.
살이 파이고 신체 부위를 잘라내고…….
하지만 도플갱어의 회복력은 상상을 초월하였다.
“진정 놈은 괴물이란 말인가!”
누군가가 외쳤다.
절망 어린 목소리.
도플갱어는 문을 뚫고 학살을 시작했다.
슝! 푸욱!
그때, 하늘에서 깃털이 날아왔다.
슈슈슈슈슈슈슝!
하나의 깃털은 점점 늘어났다.
이내 수천 개의 깃털이 도플갱어의 전신을 찔렀다.
‘회복이…… 거의 안 돼?’

도플갱어가 눈을 부릅떴다.
깃털이 박힌 장소는 회복이 무척 더뎠다.
이런 적은 없었다.
고개를 돌리자 익숙한 얼굴이 보였다.
"오오, 사자시여!"
"태양의 사자께서 나타나셨다!"
인간들이 환호했다.
도플갱어도 놈을 안다.
무영!
'엄청나게 맛있는 냄새가 나는구나!'
꿀꺽!
왜인지는 모르겠지만 무영에게선 침샘을 극도로 자극하는 냄새가 났다.
놈을 먹고 싶다.
아니다.
반드시 무슨 일이 있어도 먹어야만 한다.
본능이 외치고 있었다.
저놈을 먹으면 지금과는 비교도 안 되게 강해질 수 있으리라고 말이다!
쿵!
도플갱어가 뛰어올랐다.
무영을 먹기 위해!

살가죽을 뚫고 뼈로 이루어진 날개가 나왔다.

스릉!

그러나 무영은 무표정했다.

이윽고 하늘에 날개를 활짝 편 상태로 비탄을 꺼내자 주변으로 강한 암흑색의 파동이 휘몰아쳤다.

쿠와아아앙!

분노의 함성!

전투의 시작을 알리는 종소리와 같다.

하지만 암흑색의 파동은 단순한 알림이 아니다.

적의 전투의지를 꺾고, 겁에 질리게 만들며 각종 디버프 효과를 줄 수 있었다. 투기에 따라서 강화되는 이 능력은 전투 시에 꽤나 유용하다.

도플갱어가 움찔했다.

무영에 대한 공포가 다시금 무럭무럭 피어올랐다.

태어난 즉시 수십 번을 조각내어 가루처럼 만들어버린 무영이다. 그 공포가 본능에 새겨져 있었다.

'놈은 어리다.'

천마도, 알렉산드로도 아닌 어중간한 놈.

힘 센 아이.

그것이 도플갱어에 대한 무영의 정의다.

조금은 의아했다.

알렉산드로 퀸타르트.

녀석이 만들려고 했던 게 고작 저런 것이었을까?

'모든 게 변수였다. 그도 이런 결과는 짐작하지 못했겠지.'

무영 자체가 변수로 작용했다.

월하도, 천마도, 알렉산드로도 그에 유연하게 대처하지 못했다. 모두가 전부를 걸었고 그 결과 각기 다른 파국을 맞이한 것이다.

설마 천마가 반쪽짜리로 완성되었을 줄은 알렉산드로도 몰랐으리라.

하물며 그곳에 월하의 육체가 녹아들었다. 마후라가의 개입마저 있어서 거대한 혼란이 일어났다.

"죽인다! 죽인다!"

"저능아가 따로 없군."

도플갱어가 이를 악물었다. 무영에 대한 공포심을 이겨내고자 발악을 했다.

무영은 무심하게 날개를 들었다. 빛의 아지랑이가 맺힌 날개에서 다시금 깃털이 쏟아졌다.

슈슈슈슈슈슝!

로드 클래스의 스킬은 보정이 안 된다.

하지만 다행히 가브리엘의 날개는 무(無) 등급이다. 무영의 능력에 따라 영향을 많이 받는다는 말. 비록 신성력은 낮지만, 도플갱어의 신체엔 독으로 작용했다.

"캬아아아악!"

쿵!

도플갱어가 괴성을 내지르며 날개를 휘둘러 무영을 쳐냈다.

퍼억!

쿠르릉!

무영이 바닥에 처박혔다.

하지만 아무렇지도 않은 듯 자리에서 일어났다.

'공중전은 한동안 자제해야겠군.'

공중전은 익숙하지가 않았다.

하여간 맞은 부위가 제법 얼얼했지만 못 버틸 수준은 아니다.

"나는 강하다!"

도플갱어는 의기양양했다.

무영을 공격하는 데 성공하고 자신의 힘이 먹힌다는 걸 확인한 덕이다. 무려 수백에 달하는 인간과 수천에 달하는 령을 잡아먹고 키운 신체다. 아무리 무영이라도 자신을 막을 순 없었다.

후우우우웅!

콰차차창!

세 개의 스킬이 동시다발적으로 발사되었다.

화염과 얼음 그리고 번개의 힘!

그것이 무영의 위로 무차별하게 쏟아졌다. 마치 우박처럼.

쾅! 쾅! 콰르르르르릉!

도플갱어의 마력은 끝이 없었다. 쉴 새 없이 스킬이 쏟아지며 무영을 압박했다.

그것을 바라보는 모두가 조마조마해졌다.

“태양의 사자시여……!”

“우리가 도와야 하는 거 아닌가?”

“우리의 공격은 놈에게 통하지 않아. 순식간에 회복되어 버리는 거 못 봤어?”

“하지만 사자님의 공격엔 회복이 더뎠지. 끼어들어봐야 방해밖에 안 될 거야.”

태양 길드의 길드원 역시 강하기론 서러울 정도다.

실제로 도플갱어에게 무수히 많은 타격을 입혔다.

하지만 그 모두를 순식간에 회복하여서 문제다.

“젠장, 끝없이 쏟아지는군.”

“저거라도 막아보자고!”

그러나 전원이 같은 의견은 아니었다.

도플갱어의 저 쏟아붓는 스킬이 끝나야 무영이 움직일 수 있으리라 짐작하고 나서는 사람들이 있었다.

특히, 그 선두에 선 게 김태환이다. 척결의 방패를 들고 나서선 쏟아지는 스킬을 막았다.

“끄으으으으으!”

방패와 관련된 능력치 그리고 스킬에 전부를 투자한 김태환이다. 그럼에도 도플갱어의 공격에 계속해서 밀려났다.

사람들은 활을 쏘거나 스킬을 사용해 원거리에서 지원했다.

방패, 혹은 방어에 능한 이들은 김태환과 합류하였다.

사제와 관련된 직업들은 치유 스킬을 사용하며 그들을 보조했다.

도플갱어가 인상을 찌푸렸다.

"먹이들은 얌전히 있어라!"

도플갱어가 인상을 찌푸렸다. 고작 먹이들 주제에 이토록 반항을 하는 게 마음에 들지 않았다.

하지만 도플갱어는 무영에 대한 공격을 계속해서 이어 나갔다.

이곳에서 압도적으로 맛있어 보이는 게 무영인 탓이다.

"끄아아아아!"

김태환이 악을 썼다.

비단 김태환뿐만이 아니다.

"버텨! 씨발!"

"무슨 일이 있어도 지켜라!"

"사자께서 일어나실 때까지 버텨야 한다!"

모든 방어가 차츰 뚫리고 있었다.

팔의 근육이 파열되고 입고 있던 갑옷이 녹아들었다. 손에도 화상을 입었다. 이대로는 얼마 버티지 못할 게 자명하다.

"최대 3개였군."

짙은 연기가 걷히자 무영이 걸어 나왔다.

냉정하기 짝이 없는 표정.

별다른 타격도 입지 않은 모습.

모두가 놀랐다. 도플갱어도 마찬가지다.

하지만 500을 넘긴 무영의 마법 저항은 어지간한 스킬로는 흠도 내지 못한다. 그리고 500이 넘는 마법 저항을 지닌 인류는 세 손가락 안에 꼽을 것이다.

무영은 그중 1인이 되었다.

하지만, 그보다 도플갱어가 사용하는 스킬은 모두 '어중간'했다.

'놈에게도 한계가 있다.'

무영은 떠올렸다.

도플갱어가 속도의 느려짐을 흉내 낼 때를.

그때도 여전히 무영이 빨랐다. 놈은 기껏해야 2배속의 세상을 가졌을 뿐이다.

또한 동시에 최대 3개의 마법밖에는 못 다룬다.

처음 모습에 눌렸을 뿐, 놈은 생각보다 만능이 아니다.

스릉!

비탄이 울었다.

그 울음은 전과 비견할 수 없을 정도다.

"……! 어디 이것도 견뎌봐라!"

멀쩡한 무영의 상태에 도플갱어가 흠칫했다.

하지만 통하지 않는다면 더욱 강력한 스킬을 퍼부으면 그만이다.

도플갱어의 머리 위에서 거대한 불의 구가 만들어졌다.

불의 구는 조금씩 크기를 늘려갔다. 닿고 폭발하면 모든 걸 쓸어버릴 힘이 그곳에 담겼다.

슈아아아아앙!

이어, 불의 구가 작렬했다.

무영은 달렸다. 뿔이 두 개로 늘어났다.

4배속.

가속한 상태에서 불의 결을 보았다. 그리고 비탄을 휘둘렀다.

스악!

구가 정확히 두 개로 나뉘었다.

그대로 날개를 펼친 채 달려 나갔다.

대각선으로 도플갱어의 몸을 갈랐다.

즈아아악!

동시에 진마의 저주가 새겨졌다.

진마는 자기보다 작고 약한 마귀를 잡아먹는다.

"끼에에에에에엑!"

도플갱어가 괴상한 비명을 질러댔다.

인간들에게 수많은 공격을 당하고서도 멀쩡했건만 갈라진 몸이 좀처럼 회복되지 않았다. 진마의 저주가 침투하여 도플갱어의 권능에 영향을 준 것이다.

"키엑! 키에에엑!"

소름 돋는 소리다.

반쪽으로 나뉜 도플갱어의 몸이 춤을 추듯 비틀거렸다.

그러자 곧이어 보랏빛의 기운이 도플갱어의 전신을 맴돌았다.

'천마의 힘.'

알렉산드로의 스킬을 쓰더니 이젠 천마의 힘마저 다루는 모양이다.

그러자 놀랍게도 몸이 재생되기 시작했다.

하지만 단순한 재생이 아니다.

도플갱어가 둘이 되었다.

죽이는 족족 도플갱어가 늘어났다.

그 숫자가 어언 32체에 달했다.

무한히 증식하진 않고, 최대가 32체인 듯싶었다.

32체 모두 기존 도플갱어의 힘을 지녔다.

한 번에 96개의 스킬을 쏟아냈다.

"황야."

큰 타격을 입지 않는다지만 저토록 무식하게 쏟아내면 무영도 버겁다.

물론 타격을 입어도 회복하면 그만이었다.

전과 달리, 무영은 이제 스스로 회복할 줄 안다.

'신성한 축복'은 무영이 빈사 상태에 있어도 한 번에 회복시켜 주었다.

도플갱어의 재생력 저리 가라 할 수준.

하루에 기껏해야 세 번이 한계지만 그만으로도 쉴 새 없이 싸울 수 있었다.

그렇다고 진짜 쉴 새 없이 싸울 순 없는 노릇.

하여 결계를 발동했다.

절대자의 별과 함께 결계가 빛나며 주변을 다른 색깔로 탈바꿈시켰다.

〈고유 결계 '황야'가 발동됩니다.〉

〈비탄의 효과로 '황야'가 강화됩니다.〉

황야.

그 말대로다. 주변은 온통 사막이었다.

무영은 이 모습을 어디선가 본 적이 있었다.

'다윗의 별.'

처음 푸른 사원에 도착하고 그레모리의 사원을 발견했을 때의 일이다.

무영은 이 끝없이 이어진 사막 속에서 모든 걸 이겨냈다.

과거를, 자신의 한계를!

이 거친 사막은 일종의 거울이다. 본질을 보이고 시험하는 그런 장소다.

"이, 이게 뭐냐!"

"이건 내 몸이다! 꺼져라!"

"끄아아악!"

모든 도플갱어가 비명을 내질렀다. 놈의 속에는 너무 많은 것이 섞여 있다. 그것이 한 번에 분출되듯 튀어나와 도플갱어를 괴롭혔다.

무영은 강인한 정신력으로 이겨냈다.

놈도 그럴 수 있을까?

쉬이잉!

본체가 텔레포트 스킬을 사용했다.

당연히 먹히지 않았다.

이곳은 황야. 무영의 결계 속이다. 무영의 허락 없이는 나갈 수 없다.

'이제야 너의 본질이 보이는구나.'

도플갱어의 본질은 불안하기 그지없었다.

원래부터 본질이란 게 없으니 급조한 것일 터. 결국 이런 상황에 놓이면 극심한 혼란을 느낄 수밖에.

"용서 못 한다! 절대로!!"

도플갱어가 다시 합쳐지기 시작했다. 32체가 합쳐지며 거대한 거인의 형상을 만들었다. 억지로 합친 탓에 언제 무너질지 모를 만큼 신체가 흔들렸다.

마그마처럼 살점이 터지고 다시 붙기를 무한히 반복했다.

그러나 무시할 순 없다.

잡아먹은 모든 이의 힘이 그대로 느껴졌다.

제아무리 무영이라도 정면으로 받는 건 무리다.

"이따위 결계 깨버리면 그만인 것을!!"

콰아아아아아아아아앙!

주먹이 닿자 지면이 갈라졌다.

거대한 폭발이 일어나며 주변을 휩쓸었다.

무영의 뿔이 세 개로 늘어났다.

8배의 가속.

부서져 튕기는 지면의 잔해를 밟고 도약하며 순식간에 도플갱어의 근처로 다가갔다.

곧 도플갱어의 지척으로 다가가자…… 놈이 눈을 떴다.

"천마의 눈은 미래를 본다!"

도플갱어가 무영의 발목을 잡았다. 미리 알고서 행동하지 않으면 할 수 없는 반응.

쾅! 쾅! 쾅!

그대로 무영을 찍어 눌렀다.

바닥에 튕길 때마다 무영의 신체가 비명을 질러댔다.

"쿨럭!"

피를 토하며 무영은 비탄으로 도플갱어의 팔을 찔렀다.

진마의 저주가 다시금 몸을 타고 흘러들어갔다.

"끄어억!"

전기가 오르듯 놀라며 도플갱어가 무영을 놓았다.

바닥에 겨우 착지한 무영은 입에 고인 피를 뱉어냈다.

장비의 튼튼함, 높은 체력과 마법저항. 이 중 하나라도 부족했다면 죽었을 거다.

이렇듯, 황야는 양날의 검이다.

적의 본질, 적의 모든 걸 끌어내 시련을 줄 수 있지만 반대급부로 전력을 폭발하게 만든다.

대신 저주가 훨씬 잘 통했다.

진마의 저주가 도플갱어의 몸을 침식해 나갔다.

문제는 저 눈이다.

'내 공격이 전부 읽힌다면…….'

16배속은 마지막 카드다.

고작 5초. 현실로는 0.3초. 그 안에 모든 걸 걸고, 실패하면 죽어야 한다.

그때였다.

"이 망할 년! 내 안에서 무엇을 하는 거냐! 크아아아!"

도플갱어가 혼란해했다.

스스로의 몸을 긁고 때리며 무언가를 몰아내려고 하였다.

"먹이 따위가! 발악해 봤자 소용없다!!"

의아한 일.

무영은 죽음의 무도를 사용했다.

눈이 까맣게 물들었다.

그리고 보았다.

'히아신스.'

히아신스의 기척이 도플갱어의 몸 안쪽에서 느껴졌다.

히아신스는 놈을 형성하는 중요한 역할을 하였다.

완전히 소멸된 줄 알았건만 그런데도 끝까지 밑바닥에서 살아남아 황야로 인해 본질이 극대화되며 다시금 모습을 드러낸 것이다.

히아신스는 도플갱어를 괴롭혔다.

도플갱어의 눈이, 조금씩 닫히기 시작했다.

이윽고, 두 눈이 완전히 닫혔다.

'16배속.'

기회다.

무영도 달라졌다. 네 개의 뿔을 모두 띄웠다.

공기의 움직임마저 느껴질 정도의 세계.

무영은 달렸다.

비탄이 도플갱어의 몸을 도륙했다.

하나, 열, 백…….

끊임없이 베고, 또 베었다.

불안정하게 합쳐진 도플갱어는 다시 분열도 할 수 없었다.

진마의 저주와 대천사의 힘이 깃들며 재생을 막았다.

정확히 현실로 0.3초가 지났을 때, 세상이 원래대로 돌아왔다.

도플갱어의 움직임이 멎었다.

그리고…….

스르르르르르르!

몸이 무너져 가루가 되었다.

39장
이단 심판관

하지만 전처럼 빠른 속도로 복구가 되진 않았다.

다만, 꿈틀거릴 뿐.

가루가 뭉치다가 흩어지길 반복했다.

황야가 제아무리 본질을 극대화시키는 결계라고는 하지만, 강력한 저주와 함께 결을 무수히 베였으니 결국 회복하지 못하고 있는 것이다.

무영의 모습이 원래대로 돌아왔다.

도플갱어. 반쪽짜리 천마. 월하. 알렉산드로 퀸타르트.

무율세가, 태양 길드, 휘광 길드.

그리고 히아신스.

모두가 얽히고설킨 일이 종장을 향해 달려왔다.

이제는 마무리만 지으면 되는 상황.

〈정의 집행! 복수와 악의 처절한 징벌입니다. 신성력이 30 상승합니다.〉

〈'왕 살해자'가 발동합니다. 모든 순수 능력치가 10 상승합니다.〉

〈27종의 왕을 살해했습니다. 앞으로 73종이 남았습니다.〉

대천사와 킹슬레이어의 스킬이다.

둘 다 강한 적을 죽이면 능력치를 주었다.

특히 킹슬레이어의 경우, 100종의 '왕'을 죽이는 시련이 있었다. 굳이 진짜 왕이 아닐지라도 그만한 고유의 존재를 없애면 같은 효과가 나온다.

이제 27종. 마신의 영역을 건너며 수많은 괴물을 사냥했으나 아직도 갈 길이 멀다.

얻은 건 능력치만이 아니다.

〈마후라가의 전승자와의 싸움에서 승리했습니다.〉

〈'지옥도(地獄道)'가 열렸습니다.〉

〈정복률 - 0%〉

지옥도!

아수라도의 다음 계층. 육도 중 하나이며 가장 끔찍한 원령들이 사는 곳이다.

일순 무영의 눈앞으로 전혀 다른 세계가 펼쳐졌다.

어둡고 질척하며 끊임없이 울부짖는다.

하지만 지옥도엔 주인이 없다.

아수라도가 세 군주에 의해 일통되었다면 이곳은 그야말로 무법천지.

단지 강함에 의해 급수로 나뉘어 있을 따름이다.

9급부터 1급까지.

당연히 1급에 가까워질수록 강한 원령이다.

동시에 무영이 가진 망령들도 나뉘어졌다.

〈사용자 '무영'이 가진 망령들을 힘에 따라 분류합니다.〉

〈4급 - 멀더던〉

〈6급 - 42마리〉

〈7급 - 555마리〉

〈8급 - 1,544마리〉

〈9급 - 3,787마리〉

멀더던조차 4급에 불과하다.

칼라나 타칸쯤은 되어야 겨우 1급 내지 2급이 되는 모양이었다.

하여간 아수라도는 약간의 편법에 의해 루키페르마저 삼킬 수 있었지만, 지옥도는 전혀 다르다.

원한에 사무친 악령들이 즐비한 곳.

아마도 멀더던의 힘만으로는 정복이 불가할 것이다.
'나중에 시간을 내야겠군.'
무영은 루키페르에 의해 혼을 나누는 법을 배웠다.
지옥도에 스스로 들어가는 것 역시 가능해졌다는 말.
하지만 이는 후의 일이다. 당장은 눈앞에 있는 것을 얻는 게 더 급했다.
무영은 천천히 몸을 낮췄다. 거침없이 손을 뻗었다.
'권능 포식자.'
루키페르의 권능!
상대의 권능을 포식하여 내 것으로 만드는 힘.
저항하지 못하는 지금이라면 어느 때보다 쉽게 포식을 행할 수 있을 터.
푸른 손이 튀어나와 도플갱어의 잔해를 뒤졌다.

〈'권능 포식자'가 발동됩니다.〉
〈도플갱어의 권능 중 하나를 가져옵니다.〉

무엇을 가져올까?
이번만큼은 무영도 장담할 수 없었다. 모든 것을 포식하면 좋겠지만 그게 가능했다면 루키페르는 진즉에 다시 신위를 되찾았을 것이다.
게다가 권능은 힘이고 도플갱어는 결코 평범하지 않았다.

갑작스런 힘의 폭주에 무영의 몸이 버티지 못할 수도 있었다.

슈아악!

푸른 손의 손바닥에서 입이 생겨나고 가루를 흡입하기 시작했다. 무작위의 권능을 손에 넣을 수 있으나 도플갱어의 권능들은 하나같이 대단하다.

당장 무영이 파악한 숫자만 해도 네 가지.

초회복, 빠른 학습, 분열 그리고 천마의 눈!

〈불멸왕의 힘, '일곱 번의 시련'을 포식하였습니다.〉

일곱 번의 시련?

무영은 내심 고개를 갸웃했다.

하지만 이미 푸른 손의 권능 포식자는 사라진 뒤였다.

상태창 시계를 돌렸다. 그리고 스킬란에서 같은 이름의 권능을 찾았다.

스킬 명칭: 일곱 번의 시련(無)

설명 - 불멸왕은 가장 위대하고 어려운 일곱 개의 시련을 해결하였다. 그리하여 일곱 개의 생명을 얻었다.

* **남은 생명:** 7

* 부활할 때마다 중요한 것을 잃는다.

무영의 동공이 크게 흔들렸다.
부활이라니!
초회복조차 아니다.
말 그대로, 이름 그대로의 효과.
죽음을 역행하는 힘인 것이다.
'이러한 권능이 있다는 말은 들어본 적도 없다.'
과거 수많은 암살 대상의 시계를 빼앗고 관련된 문서 따위를 보면서도 언급조차 되지 않은 이름이었다.
마계는, 죽으면 끝이다. 그래서 더욱 처절하게 살아간다.
그게 상식이다.
한데…….
'도플갱어의 권능은 아니다.'
도플갱어에겐 초회복이 있었다.
죽어서 부활을 한 게 아니라 스스로의 시간을 돌려 원래의 모습을 되찾았다.
그렇다면 이건 누구의 권능이란 말인가?
'천마.'
정확히는 요정왕이다. 조금이지만 요정왕의 진실한 정체에 다가간 느낌이었다.
치지지지지지직!
도플갱어의 잔해가 색깔과 힘을 잃었다.
이내 그냥 무른 흙처럼 되어버렸다.

운이 좋았다.

'부활을 꾀했을 수도 있겠군.'

만약 이 권능을 빼앗아 오지 못했다면 아예 부활할 가능성도 없지 않았으리라.

초회복에 부활까지 가지고 있었다니, 그야말로 절대 죽지 않는 조합이지 않은가.

생각만 해도 끔찍하다.

'일곱 개의 생명이라…….'

한 번 부활을 꾀할 때마다 '중요한 걸 잃는다'라고 하는데 그게 무엇인지 정확한 설명이 나와 있지 않았다.

하지만 그를 감안해도 죽음을 일곱 번이나 면책할 수 있다는 메리트는 절대 포기할 수 없었다.

무영의 몸이 미세하게 떨렸다.

과거에도 찾지 못한 힘.

누구도 갖지 못한 그러한 권능!

부활의 권능을 가진 마신이 없다는 걸 감안하면 능히 이것의 사기성을 알 수 있다.

"벽이 걷힌다!"

"시련이 끝났다!"

황야의 지속 시간이 끝나자 주변에서 함성 소리가 들려왔다.

어느덧 대도시를 가뒀던 벽이 말끔하게 사라져 있었다.

시련이 끝난 것이다.

〈'천마의 시련'이 종결되었습니다.〉

〈순위에 따라 보상이 주어집니다.〉

〈사용자 '무영'의 영향력은 현재 '1위'입니다.〉

〈보상을 선택할 수 있습니다.〉

〈아이작의 신발, 광전사의 투구, 무릉왕의 부채…….〉

—시련의 중첩이라.

—진정한 불가해이지 않은가?

—우리가 줄 수 있는 보상의 범위를 넘어섰다.

—게다가 그는 이미 세 개의 클래스를 얻었지. 그의 혼에 새겨 넣을 마지막 클래스 자리를 두고 꽤 많은 신경전이 오갈 것 같은데.

—아니, 12궁도 중 세 개를 모았지 않나? 차라리 12궁도를 전부 모으도록 하는 것도 나쁘지 않을 것 같군.

—시련의 중첩이라지만 결국 하나로 인식되어 있다. 줄 수 있는 건 많아야 두 개 정도다. 그 이상을 주면 세계의 법칙을 깨야 한다.

—우리가 소멸을 각오하고 주지 않는 이상은 안 된다는 말

인가…….

—현재의 그는 가장 유력한 후보지만 사실 지금도 너무 많은 것을 단기간에 가져 버렸다. 이대로 무언가를 더 준다고 하더라도 그가 버티질 못한다.

—순수한 능력이 너무 낮아. 이 상태로 마신들의 눈에 띄게 되면 반드시 죽겠지. 초월체가 되는 순간, 세계의 눈이 그에게 향할 테니. 어렵군.

—그렇다면 차라리 그에게 가장 필요한 것을 주는 게 낫겠군.

—필요한 것이라면?

—대지의 어머니께서 우리에게 준 것이 있지 않나.

—설마?

—으음, 그게 있었군. 그래도 너무 위험하지 않겠나? 자칫 잘못했다간 주지 않은 것만 못하게 될진대.

—그건 그의 노력 여하에 따라 달려 있겠지. 이 이상은 우리의 소관을 떠난 일이다. 더 이상의 관여는 하지 않는 편이 좋아.

—우리는 이면이며 균형자이니.

—그나저나 킹슬레이어는 어디서 무엇을 하고 있는가?

—모든 산의 주인, 용들의 왕, 죽음의 군주…… 그들을 찾아갔더군.

—대체 무슨 이유로?

—세계의 이변을 묻고자. 우리도 느끼지 않았던가? 대략 1

년 전에 말이야.

〈불가해의 영역을 탐험한 자여!〉

〈이면의 주인들이 사용자에게 '대조화'를 선물합니다.〉

대조화라 불리는 물건은 작은 푸른색의 구슬이었다.

뾰롱! 뾰로롱!

일순 무영의 머리 위에 앉아 있던 아름과 요람의 요정이 반응하였다. 무척이나 반갑다는 듯이.

명칭: 대조화

등급: 무(無)

설명 - 대지의 어머니. 조화의 신이 직접 만든 구슬. 비틀린 모든 걸 바로잡으며 조화롭게 유지하는 힘이 담겨 있다.

이윽고 구슬이 무영의 손을 통해 몸 안으로 흡수되었다.

쏘오옥!

찰나에 벌어진 일.

"음……."

고통은 없었다.

하지만 그 외에 다른 효과도 없었다.

'즉발성은 아닌 모양이군.'

이면의 주인들이 준 물건은 모두가 쓸모가 있었다.

이 역시 그러할 터.

무영은 약간의 의심을 하면서도 크게 경계하진 않았다.

이어 무영은 등을 돌렸다.

전쟁이 끝났으니, 그 뒤처리를 해야 할 때였다.

그런 무영의 등 뒤로 검은색의 날개가 아주 약간이지만 돋아나기 시작했다.

알렉산드로와 히아신스의 혼은 함께 있었다.

천마의 몸 안에서 공존하며 괴로워하는 중이었다.

그리고 그곳에서 히아신스는 알렉산드로의 영혼이 뿜어내는 그림을 볼 수 있었다.

그의 목적과 이야기를.

"돌아가고 싶다."

알렉산드로가 막 마계로 도착했을 시절.

그는 갈망했다.

푸른 사원에서 시작하여 무수히 많은 죽음을 보았다. 그리고 마계가 강자존이라는 것 역시 알게 되었다.

"돌아가고 싶다."

이런 세상은 싫었다. 하지만 살아야 지구로 돌아갈 수 있다. 그래서 악착같이 살아남았다. 그러다 보니 태양 길드의 주인이 되어 있었다.

결혼도 하고 많은 자식도 낳았다.

하지만 마음 한편의 공허함은 여전히 사라지질 않았다.

그 와중에 월하를 만났다.

천마신교의 교주. 기묘한 남자.

"이 모든 게 신의 농간이다. 신의 힘이 있다면 모든 걸 행할 수 있지. 죽음도 초월하며 세계도 넘나들 수 있다!"

실제로 그러했다.

천마는 죽어도 살아날 수 있는 권능을 갖고 있었다.

처음 보고 겪는 힘에 알렉산드로는 전율했다.

세계 간의 이동 역시도 가능하였다.

천마가 보여준 미래.

알렉산드로는 지구에 있었다.

하지만, 천마는 아직 완성되지 않았다.

월하는 천마를 완성시키고자 했다.

그때부터 알렉산드로는 계획을 세웠다. 완성된 천마의 힘을 자신이 가질 수 있는 계획을.

성공한다면 다시 지구로 돌아갈 수 있다. 다른 중요한 이들이 죽어도 살릴 수 있다.

죽음과 세계를 초월하는데 뭐가 대수랴.
그렇게 생각했다.
그래서 위험한 도박을 행하였다.
평소라면 더욱 깊이 생각했을 것이나.
"돌아가고…… 싶구나."
염원이 너무나도 강렬했다.
하지만 천마의 안에 들어와 그 모든 게 거짓이었다는 걸 알게 되었다.
천마는 반쪽짜리다. 진정한 의미로 죽음을 초월한 게 아니었으며, 세계 간의 이동도 불가했던 것이다.
그것을 알게 된 순간 알렉산드로는 허탈해졌다.
모든 걸 걸고 잃었건만 그게 한바탕 꿈이었다니.
천마가 진정으로 완성되었대도 알렉산드로의 꿈은 애당초 이룰 수 없었던 것이다.
"미안하다. 그래도 너만은 살아남거라. 나의 딸, 히아신스."
동시에 알렉산드로의 눈이 히아신스에게 닿았다.

꿈틀!
모두가 사라진 뒤.
가루는 바람에 흩날렸다. 뿔뿔이 흩어졌다.
그중 정말 작은 조각. 그 하나가 꿈틀거리며 움직였다.
조각은 조금씩 몸집을 불렸다.

이내 작은 소녀의 형상을 만들어냈다.

'나는 누구지?'

발가벗은 소녀는 고민했다.

'난…… 히아신스. 히아신스…….'

하지만 이름 외엔 아무 것도 기억이 나지 않았다.

띠링.

불현듯 종소리가 들렸다.

히아신스는 고개를 돌렸다.

하얀색의 옷을 입은 수많은 행렬. 하얀 두건과 손엔 종을 든 무리들이 이곳을 향해 다가오고 있었다.

그 중심에서 커다란 그림 하나를 거구의 남성 두 명이 옮기는 중이었다.

구름과 바다와 태양의 그림.

그리고 그 셋의 위엔 한 인자한 어머니가 있었다.

띠링. 띠링.

종소리가 점차 가까워진다.

이어 순백색의 투구를 걸친 여인이 하얀 말을 탄 채 다가왔다.

"이상한 일이로군. 이 작은 소녀에게서 짙은 꽃의 향기가 나는구나."

여인의 목소리는 바위처럼 무거웠다.

하지만 여인은 히아신스에게서 눈을 떼지 못했다.

뗄 수가 없었다.

조금씩 다가가 히아신스의 얼굴을 만졌다.

머리의 냄새를 맡고 다시금 히아신스의 눈을 바라보았다.

그러다가 여인은 자신의 추태를 깨달았다.

"매혹의 향!"

흔히들 서큐버스가 가지고 있다는 매혹의 향.

그러나 히아신스에게서 풍기는 건 질 자체가 다르다.

모든 걸 아우르는 압도적인 향이었다. 맡는 순간 더 가까이 가고 싶고 소유하고 싶어진다. 육체를 잘라내서라도 내 것으로 삼고 싶다는 욕망이 절로 생겨난다.

있을 수 없는 일이었다.

적어도 여인에게는 이러한 향이 통하지 않아야 했다.

"구름의 신 '순', 바다의 신 '륭', 대지의 신 '한', 그들 셋의 어머니 '이데아'시여. 불쌍한 양을 인도하소서."

띠링. 띠리리링.

여인의 주변으로 수많은 종이 생겨났다.

정화의 의식이다. 향에 매료되어 일순 잘못을 저지를 뻔한 의식을 깨끗하게 하기 위함이었다.

"누구세요? 혹시 저를 아세요?"

히아신스는 몸을 움츠렸다. 그러나 궁금증만은 어찌할 수가 없었다. 자신의 존재. 모든 기억과 관련하여 텅 비어 있었기 때문이다.

하지만 그 눈을 보는 순간, 여인은 다시 한번 흔들렸다.

"어찌 이런 존재가 세상에 존재할 수 있단 말인가……!"

여인은 입술을 강하게 깨물었다.

정화의 의식을 행했음에도 흔들린다.

있을 수 없고 있어선 안 되는 일.

여인은 신성 도시 뮬라란의 이단 심판관이었다. 이단을 심판해야 하는 성스러운 몸으로서 이 일을 간과할 순 없었다.

'죽여야 한다.'

여인이 등 뒤에서 거대한 검을 꺼냈다.

소녀, 히아신스에게 악한 감정은 없었다. 악한 기운도 느껴지지 않았다.

하지만 이 향과 체취는 모든 걸 마비시킨다. 자신에게마저 이 정도로 작용한다면 다른 이들은 불 보듯 뻔하다.

가히 남녀노소를 가리지 않으리라.

"사, 살려주세요."

히아신스가 겁에 질렸다.

그 순간.

여인의 주변에 있던 모든 종이 사라졌다.

종소리도 죽었다.

'죽여야…….'

여인은 손에 힘을 조금씩 잃어갔다.

툭!

이내 검이 떨어졌다.

처음엔 서큐버스들이 가진 매혹의 향인 줄 알았다.

하지만 맡으면 맡을수록 왜인지 성스러운 느낌이 들었다. 그래서 결론을 내렸다.

자신은 판단할 수 없다고.

"……'거룩한 천'으로 너의 향을 덮겠다. 너는 스스로의 향을 조절할 수 있을 때까지 그 천을 벗지 못하리라."

여인은 히아신스를 죽이는 걸 포기했다. 대신 품에서 삼각형의 종을 꺼냈다.

디링!

종이 울리자 하늘에서 몇 겹의 천이 내려왔다.

그러곤 히아신스를 감쌌다.

오로지 여인에게만 허락된 성신구.

거룩한 종과 천이다.

모든 삿된 것을 막아낼 수 있는 보구 중의 보구!

"세라피나 님! 무슨 일이 있으십니까?"

여인의 주변으로 성기사들이 달려왔다.

여인, 세라피나는 고개를 저었다.

"이 아이를 안전하게 뮬라란으로 이송해라. 결코 중간에 일이 생겨선 안 된다. 알았나?"

"이 천은……."

"더는 묻지 말고 절대 천을 벗겨서도 아니 된다. 곧장 성황님께 보내야 한다. 무슨 일이 있더라도, 꼭!"

"알겠습니다."

세라피나가 재차 강조하자 기사들이 고개를 끄덕였다.

이 아이가 선인지 악인지는 뮬라란에서 결정이 날 것이다.

기사들이 천에 싸인 히아신스를 조심스럽게 데려갔다.

그 뒷모습을 세라피나가 걱정스럽게 바라봤다.

'성황께선 올바른 판단을 내리실 것이다.'

갑작스럽게 눈앞에 나타난 소녀.

신이 보낸 것인지 악마가 보낸 것인지 종잡을 수가 없었다. 하지만 성황이라면 옳은 판단을 내릴 것이라 믿어 의심치 않았다.

'그나저나 악의 기운이 너무나도 강하구나.'

이어 세라피나는 지평선 너머를 바라봤다.

지평선 너머엔 대도시가 있었다.

'천마의 시련'에서 무영이 택한 보상은 아이작의 신발이었다.

기존에 사용했던 헤르메스의 장화 같은 경우, '가속'이란 옵션이 달려 있었지만 무영의 뿔이 네 개가 된 시점에서 그다지 쓸모가 없어져 버렸다.

현재 무영이 가진 무구 중 가장 먼저 갈아 끼워야 할 대상이 된 것인데 마침 천마의 시련을 해치우며 눈이 가는 보상이 떠오른 것이다.

'과거 인류와의 전쟁에서 죽었던 마왕의 것이었지.'

아직 무영이 마계에 소환되지 않았을 무렵. 인류는 마왕들과의 전쟁을 벌였다.

그중 아이작은 최상위급의 마왕으로 널리 이름을 떨쳤다.

하지만 엄청난 희생 끝에 소멸되었고 그 무구도 함께 사라진 걸로 안다. 그게 왜 보상 목록에 포함되어 있는 것인지는 모르겠지만…….

'10년 후의 대혼돈. 이후 본격적인 전쟁의 서막이 오른다.'

무영은 재차 생각했다.

대혼돈이 일어나고 인류가 모두 소환되거든 파벌 싸움을 끝낸 마신들이 움직이기 시작한다.

전선을 조금씩 밀렸고 인류는 내부 싸움으로 조금씩 몰락해 간다.

'여기서 찾은 건 운이 좋았다.'

하여간 아이작이라면 마왕들 중에서도 급이 달랐다.

마왕이라고 모두 같은 급을 가진 건 아니었으니까.

무영은 아이작을 본 적도 없고, 그저 이야기로만 전해 들었지만 당시의 무위에 과장이 없다면 충분히 기대해 볼만 하다는 뜻.

명칭: 아이작의 신발

등급: S

분류: 장착형

내구: 150,000

효과: 마왕 아이작의 유품. 강력한 마력이 깃들어 있다.

* 체력+30

* 민첩+30

* 지혜+50

* 악성향+50

* 블링크(지능과 지혜에 비례한 이동 거리)

능력치는 준수했다.

한 가지를 너무 높게 올려주는 것보단 이처럼 골고루 올려주는 편이 전체적인 균형 면에선 더욱 낫다.

악성향을 더 올린다는 게 걸리긴 했지만, 그다음 특수 능력인 '블링크'에 눈이 갔다.

블링크.

순간이동형 스킬이다. 알렉산드로가 사용했던 것처럼 먼 거리 이동은 힘들지만 눈에 보이는 정도의 거리는 순식간에 접어 달릴 수 있었다.

하물며 사용 횟수에 제한도 없으니 지칠 때까지 사용하여 유리한 고지를 꿰찰 수 있다는 의미.

'이동형 능력이 붙은 무구는 꽤 희귀한 편이지.'

이동형 능력이 붙은 무구 중에 능력치가 준수한 것도 거의 없었다.

무영이 알기로는 그렇다.

보통 하나를 얻으면 하나를 포기해야 하는데 아이작의 신발은 두 가지를 모두 잡아낸 것이다.

일반 가죽장화와 외형의 차이는 없었지만 착용하자 힘이 솟아올랐다.

'괜찮군.'

알아서 사용자에게 맞도록 크기가 조정되고 전신에 검은 기운이 물씬 올라온다.

악성향이 더욱 오른 영향이다.

그리고 그와 비례하여 등 뒤의 검은 날개도 더욱 커졌다.

'대조화를 흡수한 뒤 검은색 날개가 점점 커져간다.'

무영은 태양 길드의 성에 앉아 인상을 구겼다.

처음엔 인식조차 못 했다.

그러나 삼 일이 지난 지금은 어지간한 어른 몸통만 하다. 시간이 지날수록 검은색 날개가 점차 커져만 갔다.

이 날개는 가브리엘의 날개처럼 숨길 수도 없었다. 덕분에 본의 아닌 '악마설'마저 떠돌아다닐 지경이다.

'두 쌍의 날개라…….'

검은 한 쌍의 날개 외에, 가브리엘의 날개를 펴면 도합

두 쌍.

네 개의 날개가 완성된다.

가브리엘의 날개가 위쪽이고 검은 악마의 날개가 아래쪽이다.

쯧!

혀를 찼다.

지금 무영은 대도시에 있었다. 복원된 태양 길드의 성 안에서 필요한 정보를 찾고 있었다.

알렉산드로가 죽고, 레논도 죽고, 히아신스도 죽었기에 태양 길드는 대부분의 구심점을 잃었다. 그나마 부길드 마스터 압둘론의 존재로 무너지지 않고 있었다.

하나 여기서 무영마저 떠나간다면 모래성처럼 와르르 무너지리라.

그래. 지금의 태양 길드는 모래성과 다를 바 없었다.

하지만, 필요악이다.

대도시는 푸른 사원과 연결되는 장소. 이곳을 유일하게 컨트롤할 수 있는 게 태양 길드인 탓이다.

태양 길드가 무너지면 이곳은 난장판이 된다. 온갖 다른 거대 조직이 대도시를 집어삼키고자 달려들 것이다.

초보자들의 안위 따윈 무시할 게 뻔했다.

'태양의 인장.'

무영은 과반수의 인장을 갖고 있었다. 인장은 길드를 상징

하는 중요한 힘. 마음먹기에 따라서 태양 길드를 휘저을 수도 있다는 말이다.

'언제까지고 이곳에 있을 순 없다.'

무영은 해야 할 일이 많다.

인장을 갖고 있다지만 길드 마스터의 자리를 꿰차려거든 시간이 너무 오래 걸린다.

차츰 토지를 다져온 게 아니라 갑작스럽게 나타났으니 정통한 구석이 있는 태양 길드의 길드원 대부분이 반발할 게 뻔했다.

설령 사자로 취급되더라도 마찬가지다. 그럴 바엔, 원하는 것만을 취하고 적당히 움직이는 게 낫다.

'정보와 인재.'

태양 길드를 돕고자 하는 생각은 조금도 없었다.

다만, 태양 길드의 그 필요성 때문에 무너지지 않도록만 해줄 생각이다.

그 후 정보와 인재들을 손에 넣은 뒤 마신의 영역으로 떠나는 게 무영의 목적이었다.

앞으로의 일을 대비하려면 힘을 키워야 한다.

쿵!

그때였다.

문이 열리며 오스카가 들어왔다.

"무, 무영 님! 큰일 났습니다!"

오스카는 멀린의 제자다.

1년 만에 도망치긴 했지만, 한 번 주먹다짐을 하니 제법 말귀를 알아들어서 비서 대용으로 사용하고 있었다.

"무슨 일이지?"

"뮬라란인가 뭔가 하는 곳에서 이단 심판관이 왔답니다!"

뮬라란?

무영은 미간을 좁혔다. 신성 도시에서 이곳엔 무슨 일이란 말인가.

"그리고 그 이단 심판관이 무영 님을 꼭 한 번 만나고 싶다고 합니다!"

오스카도 마계의 지식은 적당히 있었다. 멀린에 의해 반강제적으로 주입이 되어 있었던 것이다.

당연히 신성 도시 뮬라란이나 그곳의 이단 심판관이 얼마나 무서운 줄도 안다. 이단 심판관에게 잘못 걸리면 어지간한 도시 하나가 날아가는 건 예삿일이다.

뮬라란의 이단 심판관은 고작 일곱.

그 일곱 명은 능히 거대 집단 하나의 힘을 갖고 있었다.

"제가 분장하고 나갈까요? 이러다가 마녀사냥이라도 당하면……!"

오스카의 눈이 무영의 등으로 향했다.

검은 날개. 그것을 본 이단 심판관이 무슨 생각을 할지는 뻔하다.

하지만 무영은 고개를 저었다.

'알고 왔다면 피할 수 없다.'

아직 대도시에서 해야 할 게 전부 끝나지도 않았다.

확실한 정보를 탐하고 재능 있는 인재를 선발하는 일.

그들을 마신의 영역으로 데려가야 한다.

주기적으로 그게 가능하도록 조치도 취해놔야 했다.

더불어서 '살수림'에 대한, 알렉산드로만이 알고 있던 정보들을 반드시 열람해야 했다. 알렉산드로만큼 살수림과 접한 사람은 거의 없을 것이므로.

무영이 모르는 사실을 알고 있을 가능성도 있었다.

생각을 정리한 무영이 물었다.

"이단 심판관의 이름이 뭐지?"

"세라피나라고 하던데요?"

세라피나!

무영은 고개를 주억였다.

세라피나라면 이단 심판관 중에서 그다지 꽉 막힌 축은 아니었다.

물론 만일의 사태가 되면 전투가 불가피하겠지만, 당장 뮬라란과 척을 지면 여러모로 골치가 아파진다. 그러니 상대가 과하게 나오지만 않는다면 적당히 손님으로 맞이해 줄 용의는 있었다.

이단 심판관의 악명은 마계에서도 자자하다. 하여 이단

심판관이 나타나는 장소에서 긴장하지 않는 도시의 주인은 없다.

그것이 아무리 거대한 조직일지라도 마찬가지다.

신성 도시 뮬라란을 단순 종교가 아닌 조직, 집단으로 보자면 단일 대상으로 누구도 상대가 되지 않는다.

비록 아홉 길드, 오대세가에는 포함되지 않지만 그들조차 무시할 수 없는 게 바로 신성 도시 뮬라란이었으니.

예전, 10강의 의미가 '마왕을 상대하고 처단할 수 있는 자'에 국한되었을 때, 대부분의 10강은 뮬라란에서 나왔다.

신의 힘을 받드는 그들은 능히 마왕을 홀로 상대했던 것이다. 지금은 10강의 의미가 변질되어 뮬라란 사제들의 이름이 거의 없다시피 하지만 과거의 그 위명은 지금도 남아 있었다.

뿐만 아니라 이단 심판관에게 된통 걸려 사라진 도시가 열 곳이 넘을 정도다.

"뮬라란에서 축복을 해주지 않으면 도시는 만들어질 수 없어요."

김태환의 옆에서 한 용병이 말했다.

김태환은 여전히 용병 무리와 섞여 있는 중이었다.

하지만 달라진 점이라면 그들의 어깨에 놓인 자수다.

휘광 길드의 자수가 용병들의 어깨에 놓여 있었다.

태양 길드와의 회합, 시련에서의 활동에서 김태환은 높은 점수를 받았고 이처럼 하나의 대(隊)를 창설할 수 있도록 허락받은 덕이다.

대장은 당연히 김태환이었으나 그다지 위계를 중요하게 생각하지 않았다.

사석에선 편하게. 공적인 자리에선 공손하게.

"왜?"

김태환이 묻자 시원하게 생긴 남자가 답했다.

"대장, 도시가 만들어질 때 가장 먼저 하는 게 주변 괴물의 씨를 말리는 겁니다. 하지만 괴물이란 건 죽으면 체취를 남기거든요. 악마의 긴 밤이 되면 악마를, 아니면 더 강력한 괴물을 불러오게 마련이죠. 그래서 축복이 필요한 거고요."

"축복이 그들을 막아준다?"

"뭐, 비슷합니다. 사제들이 제단을 세우고 신의 축복을 바라면 적어도 도시 안으로 들어오는 괴물은 거의 없어지니까요. 축복이 없으면 하루에도 수백 마리가 쳐들어올 텐데, 대장 같으면 그런 곳에 있고 싶겠수?"

"잠도 제대로 못 자겠군."

김태환도 납득했다.

하루 수백 마리.

대도시의 규모에 비하면 적어 보이지만 빈도의 문제다. 시도 때도 없이 괴물이 나타나는데 그런 장소에서 편히 쉴 수 있을까.

사람들을 떠나게 마련이고 도시는 점점 작아지다가 없어

질 것이다.

"이 축복이란 건 1년에 한 번은 해줘야 하거든. 모든 도시와 그곳의 주인이 뮬라란이라면 꿈쩍 못하는 이유 중에 하나죠."

성의 바깥.

남자의 시선이 길가로 향했다.

김태환도 같이 움직였다.

뮬라란의 사제들은 휘광 길드에도 찾아왔다.

대도시에 입성한 사제의 숫자가 물경 일만.

숫자보다 그들의 위압감이 장난이 아니었다.

그저 쳐다볼 뿐인 김태환이 침을 꿀꺽 삼킬 정도.

"대장, 그거 압니까? 뮬라란의 여사제들은 그곳에도 성수를 바른대요."

남자가 음흉하게 미소 지으며 음담패설을 늘어놓았다.

다른 이들도 킥킥거리며 작게 웃었다.

김태환이 맡은 일은 성문을 지키는 것이었는데, 나름 엄중한 분위기라 작은 소리에도 시선을 끌 수밖에 없었다.

성기사들이 김태환과 무리가 있는 쪽을 바라봤다.

"닥치고 일에 집중해라."

"예이~ 대장."

위치가 사람을 만든 것인지 용병들도 더 막나가진 않았다.

'이단 심판관은 보이지 않는군.'

고위 사제가 휘광 길드를 찾기는 했지만, 이단 심판관은 없었다.

따로 도시에서 일어난 일을 조사 중이라고 하였던가.

'형님.'

하지만 무영을 떠올리면 불안해지는 건 당연했다.

실제로 무영에게선 악한 기운이 많이 난다. 척결의 수호자인 김태환은 남들보다 더욱 그런 것에 민감했다.

특히 검은 날개는 악한 기운의 절정이라 할 수 있었다.

만약 그것을 이단 심판관이 본다면?

둘 중 하나는 사달이 날 수도 있었다.

"그런데 대장, 최근 소문 들었습니까?"

일에 집중하던 때, 다시금 서늘하게 생긴 남자가 작게 말했다. 이번엔 기밀을 이야기하듯 김태환의 귀에 대고선 말이다.

"무슨 소문?"

"태양 길드의 총사령관 있지 않습니까? 지금 한창 절정의 인기를 구가하는 그 사람이요."

무영의 이야기였다.

"있지. 문제라도 생겼나?"

"사실은 사람이 아니라 도깨비라고 하더군요."

"되도 않는 소문이군."

김태환은 일축했다.

푸른 사원에 있을 때부터 무영을 봐왔다. 인간 같지 않은 구석이 있긴 했지만 그렇다고 인간이 아닌 건 아니었다.

“버그라는 사람이 무영 총사령관이 도깨비와 괴물들을 이끄는 걸 봤다는데요?”

“잘못 본 거겠지.”

“그 사람, 언령술사랍디다. 언령술사는 거짓말 못 해요.”

언령술사라. 그렇다면 조금의 신빙성은 생긴다.

말로 내뱉는 힘.

거짓을 말할 경우 언령의 힘이 약해진다. 하여 그들은 확신이 들기 전엔 말을 아끼는 편이다. 버그라는 남자 역시 스스로의 무덤을 파는 짓을 하지는 않았을 거다.

“그 버그라는 사람. 어디에 있는지 아나?”

“제가 이래봬도 정보통 아닙니까. 당연히 알죠.”

“잠시 외출 좀 같이하지.”

대도시는 삼엄했다.

정확히는, 태양 길드와 관련된 자들이 가시를 돋치며 움직이고 있었다.

이단 심판관과 사제들에게 묘한 적대감을 드러냈고 심심하면 시비도 걸었다.

“왜 남의 집 구석을 안방처럼 돌아다니고 지랄이야?”

“저놈들 면상을 보니까 입맛이 싹 달아나는군.”

콰앙!

술집에서 가게의 식탁보를 박살 내며 청년들이 버럭 소리를 질렀다.

반면 식사를 하던 성기사들은 들은 체도 하지 않고 묵묵히 스프와 빵을 먹었다.

김태환은 그 꼴을 보곤 작게 턱을 쓸었다.

"흠……."

"감화된 유망주들이군요."

"유망주들?"

"2세대 있지 않습니까. 마계에서 태어나고 자란 애들. 특히 어린아이들이 태양 길드의 총사령관에게 꽤 감화되었다고 합니다."

"별난 일이군."

푸른 사원을 막 벗어났을 때를 떠올렸다.

유망주들이라 칭해지는 아이들은 살인에 대한 거부감이 없었다.

철저하게 살인 기계로 키워지는 것만 같았는데, 감화라니.

그것도 무영에게 말이다.

"태양의 사자. 악마설. 괴물 사냥꾼. 유일무이한 1강……. 그런 소문이 그 사람을 거의 신격화시키고 있지요. 압도적인 힘과 적당한 소문은 아이들을 감화시키는 법이고요."

그건 그렇다. 확실히 김태환이라도 감화되었을 것이다.

"그나저나 여기 어딘가에 있을 텐데."
남자가 주변을 둘러보았다.
그러다가 술집 구석에서 맥주를 홀짝이는 이를 발견하곤 손뼉을 쳤다.
"아, 저기 있네요. 대장."
김태환은 조금씩 걸어갔다.
버그. 이름이 굉장히 특이했다.
그는 혼자 있었고 전신에 붕대를 감았다.
느닷없는 둘의 출현에 버그가 고개를 돌렸다.
"저한테 용무가 있으십니까?"
"'그' 건으로 찾아왔습니다. 크게 이야기할 거리는 아닙니다만."
김태환이 말했다.
버그도 무슨 말을 하고 싶은지 알아들었다는 듯 작게 미소를 지었다.
"사실입니다. 그는 도깨비에요."
"근거가 있습니까?"
"그는 도깨비의 왕, 움입니다. 모든 도깨비를 아래에 둘 수 있는 자."
움?
처음 듣는 단어다.
하지만 무영이 도깨비의 왕이라니.

버그가 이어서 말했다.

"믿기시지 않겠지만, 저는 봤습니다. 뿐만 아니라 죽음조차 다루지요. 지금은 왜 이곳에 있는지 모르겠습니다만……."

그다지 악의가 있어 보이진 않았다.

순수한 호기심.

"또한 그는 별의 주인입니다."

별의 주인!

실제로 별의 주인이 된 자들은 적다.

하지만 그들은 여러 방면에서 이름을 떨친다. 대개 소설로 치자면 '주인공'이라 할 수 있는 사람들. 비록 과거 마왕들과의 전쟁에서 대부분 쓰러졌다지만 그 위명은 익히 들었다.

한데 무영이 도깨비의 주인이면서 별의 주인이란다.

1년 사이에 대체 무슨 일을 겪으면 그게 가능하단 말인가?

버그가 씁쓸하게 말했다.

"사실 도깨비가 아닐지도 모릅니다. 저는 그의 정체가 정말 궁금합니다. 이번 이단 심판관이 어떠한 판결을 내릴지 그래서 지켜보고 있지요."

"판결을 내린다니요?"

"공공연한 이야기는 아닙니다만. 흠…… 소리 차단."

순간 주변의 소리가 차단됐다.

성기사들의 눈과 귀가 있음을 인지한 탓이다.

말로 이루는 것. 이것이 언령술사의 힘이었다.

"이단 심판관이 대도시에 병력을 이끌고 온 게 이곳에서 발생한 시련 때문이 아니라 태양 길드의 총사령관 때문이라는 이야기가 있습니다."

"……!!"

김태환의 어깨가 들썩였다.

모두가 시련 때문이라고 생각했다. 천마의 시련. 이름부터 불길하지 않나. 하지만 애당초 무영을 노리고 왔다면 관점 자체가 달라진다.

버그가 숨을 크게 들이마시고 천천히 말했다.

"예언이 있었다고 합니다. 검은 날개를 가진 남자가 이 세계를 파멸시킬 것이라는 예언이요."

공식석상.

무영은 연락을 취했다. 그리고 모든 게 공개된 투명한 장소에서 세라피나를 만났다. 설마 이런 장소에서 안하무인으로 행동하겠냐는 계산도 있었다.

"저 사람이 총사령관?"

"오오……. 총사령관이다!"

짝짝짝!

넓은 공터.

성기사와 태양 길드의 병력이 사람들을 막았다.

그곳엔 이미 수만의 인파가 모여 있었다. 그들의 시선 대부분이 무영에게 닿았다.

태양 길드에선 사자라고 칭하는 자. 그를 이단으로 심판한다면, 태양 길드와는 아예 척을 지자는 뜻이다. 그것도 공식 석상에서 그리한다면 외교적 문제가 더욱 커진다.

세라피나는 투구를 벗었다.

찰랑이는 분홍색의 머릿결이 허리까지 닿았다.

뮬라란의 사제들은 모두 미모가 곱다. 신의 축복이라는 이름과 철저한 자기관리를 통해 몸을 유지하기 때문이다.

그녀의 눈이 무영의 날개에 박혔다.

검은 날개.

불길하기 짝이 없는 그것!

'루키페르, 잠시 꺼져 있을 순 없나?'

무영이 루키페르의 혼에 말을 걸었다.

하지만 루키페르는 묵묵부답이었다.

애당초 혼이 동화되어 있으니 꺼질 수도 없다.

말장난.

아직도 루키페르와의 거리감이 느껴졌다.

하나 마냥 장난이라 할 수도 없었다.

세라피나의 눈이 무엇을 말하고 싶어 하는지는 너무나도 뻔했다.

둘은 조용했다.

무영도 딱히 할 이야기가 없었고 억지로 대화를 주도해 나가는 타입도 아니었다.

반면 세라피나는 입이 근질근질한 모양이었다.

"악마……."

작은 입이 열렸다.

결국 말했다.

태양 길드 쪽의 모든 사람이 불편한 표정을 지어보였다. 슬쩍 검에 손을 대는 이들도 있었다.

그러거나 말거나 세라피나는 자신의 말을 이어갔다.

"강력하기 짝이 없는 악마의 힘이 당신에게서 느껴집니다."

"악마가 이런 날개를 가지고 있는 걸 보았나?"

타락한 천사 루키페르.

그의 영향으로 더욱 커진 날개는 일반 악마의 것과는 궤를 달리한다.

어둠의 이면엔 과거 천사였던 시절의 흔적이 남아 있었다.

그것을 세라피나가 모를 리는 없었다.

"당신은 위험한 악마입니다."

아예 악마라고 단정을 지은 듯싶었다.

하기야 무영에게서 느껴지는 기운 자체가 선과는 거리가 너무 멀었다.

스릉!

세라피나가 등 뒤의 대검을 꺼냈다.

모든 성기사가 무기를 꺼냈다.

태양 길드도 마찬가지였다.

명령. 혹은 신호가 보내지면 이곳은 다시 전쟁터가 될 것이다.

무거운 긴장감이 주변을 맴돌았다.

그 사이에서 무영은 피식 웃었다.

'가브리엘의 날개.'

그리고 다른 날개를 펼쳤다.

파악!

바람을 가르며 펴진 날개는 무엇보다 신성했다.

비교할 바 없는 순백이었으며 농도 짙은 신성력을 가득 머금고 있었다.

그것을 본 세라피나의 눈에 작은 떨림이 일어났다.

악마다. 이단이다. 검은 날개다.

무영은, 태양 길드의 총사령관은 더할 나위 없는 '악', 그 자체였다.

자체여야만 했다.

이단 심판관이 행하는 일은 하나.

악을 배제하는 것!

세라피나는 일곱 대천사 중 하나인 세라핌의 이름을 딴 세례명이다.

신에 대한 사랑이 가장 큰 존재. 신의 옥좌에 가장 가까운 천사!

그 신을 부정하는 게 '악'이다. 그리고 악의 집합체와 같은 무영은 당연히 배제해야 할 대상이었다.

보는 순간 알았다.

꺼림칙한 기운. 안에 깃든 강렬한 악을.

전신에서 소름이 일었다.

여태껏 보았던 어느 악마보다 더하면 더했지 결코 덜하지 않다. 그것을 보기 좋은 포장으로 가리고 있을 따름이다.

사람들의 눈을 멀게 하는 재주가 상상 이상이었다.

그런데. 그럴진대.

'천사의…… 날개.'

마계엔 천사가 없다.

아무리 찾고, 울부짖어도 천사는, 신은 모습을 보이지 않았다. 하지만 신의 능력으로 말미암아 그들은 신앙을 유지했다.

신성력.

신에게 하사받은 성스러운 힘.

그들은 그저 그 힘을 받아 천사의, 신의 모습을 상상할 뿐이었다.

리틀 위시가 그러하다. 사용하면 나타나는 천사는 상상의 산물이었다. 진실한 천사가 어찌 생겼는지, 신의 모습이 어떠한지 그들은 모른다.

성녀도, 성황도, 어느 누구도.

하지만 지금 눈앞에 날개가 나타났다.

신성력이 듬뿍 담긴 천사의 날개가…….

단순한 스킬인가?

세상엔 수많은 스킬이 있었고 천사의 날개를 모방한 무언가를 만들어낼 수 있는 스킬도 있을 수 있었다.

하지만 아무리 봐도 일반적인 것과는 그 기운이 궤를 달리한다. 날개는 신성력으로 이루어져 있었다.

그것도 차원이 다른.

'이 역시 거짓이고 현혹일지니.'

세라피나는 부정했다.

악과 선은 공존할 수 없다.

그게 상식이다.

무영의 날개는 두 쌍이었다.

아래쪽에 악이, 위에 선이 존재한다.

이율배반…… 양립할 수 없는 모순.

"악마야, 거짓된 모습으로 내 눈을 어지럽히지 마라!"

종을 꺼냈다.

거룩한 종!

삿된 힘을 부정하고 거둬내는 능력이 거룩한 종엔 담겨 있었다.

종이 울리면 무영의 진실된 악이 튀어나오리라 세라피나는 믿어 의심치 않았다.

디링!

디링!

종이 울렸다. 수많은 빛의 종이 생겨났다.

그 소리를 들은 모두의 눈이 풀렸다. 절로 두 손을 모으고 기도를 시작했다.

성기사들도, 태양 길드의 길드원들도 마찬가지였다.

"구름의 신 '순', 바다의 신 '륭', 대지의 신 '한', 이들 셋의 어머니 '이데아'시여……."

뮬라란이 모시는 신은 넷.

그리고 거룩한 종은 전신인 이데아의 선물이다.

마왕도 피한다. 마신조차 정면에서 받고는 견뎌낼 순 없으리라!

세라피나의 눈이 무영에게 향했다.

무영은 고개를 숙이고 있었다.

얼굴이 보이지 않았다.

악이 반응했기 때문일까?

이곳에서 자신이 진짜 '악'임이 증명되면 그는 살아 나갈 수 없다. 필사적으로 감추려 들 테지.

하지만, 세라피나의 그런 생각은 완전히 빗나갔다.

"웃기지도 않은 장난이로군."

무영이 고개를 들었다. 잔뜩 인상을 굳힌 채.

종의 기운은 무영에게 아무런 영향도 끼치지 않았다.

도리어…….

〈'거룩한 종'의 소리에 '가브리엘의 날개'가 반응합니다.〉

〈정화는 정의의 힘입니다. 거룩한 종의 신성력을 흡수합니다.〉

〈신성력이 '30' 증가했습니다.〉

날개가 신성력을 먹었다.

갑자기 왜 반응한 건지는 모르겠지만 그만큼 거룩한 종이 대단한 물건이라는 뜻일 터.

덕분에 날개가 더욱 커졌다.

루키페르의 기운이 너무나도 강성한 탓에 제대로 기를 못 펴던 신성력이 조금이지만 활로를 찾았다.

거기서 끝이 아니었다.

〈'거룩한 종'의 소리에 '루키페르의 날개'가 반응합니다.〉

〈루키페르의 영향력이 축소됩니다.〉

〈'대조화'에 의해 악성향과 신성력이 조화를 이루었습니다.〉

〈'공허의 날개'가 새로이 돋아나기 시작했습니다.〉

회색의 날개가 가운데에 돋아났다.

그 크기가 매우 작지만, 이로써 세 쌍.

"어, 어떻게?"

세라피나는 놀랐다.

가브리엘의 날개가 무영과 종을 감싸 안은 것이다.

무영이 무엇을 하던 그것은 '정의'다.

악과의 조화?

천사라면 마땅히 타락하겠으나 가브리엘은 결코 타락하지 아니한다.

대신 그 중심에 날개 하나를 더 피워 균형을 맞췄다.

그것이 공허의 날개.

하지만 무영은 이 현상이 그다지 반갑지 않았다. 몸의 변형은 새로운 적응을 이야기한다. 적응하려면 오랜 시간과 노력, 그리고 경험이 필요하다.

"네 눈엔 내가 아직도 악으로 보이는가?"

이 존재가 정녕 이단이라고?

세라피나는 혼란에 휩싸였다.

거룩한 종이 인정했다. 그는 악이 아니라고. 그의 날개는 진짜이며, 그의 신성력은 누구보다 고결하다고.

하지만 그에게선 분명히 악의 향기가 난다.

지금도 마찬가지이건만.

슈아악.

바람이 불었다.

가브리엘의 날개는 한창 팽창하더니 주변에 깃털을 흩날렸다. 깃털이 바닥에 닿자 죽어 있던 땅에서 풀이 자랐다.

꽃이 자라고 아름다운 냄새를 풍겼다.

이것이 진정한 신성력의 힘이었다.

"사자시여!"

"아아!!"

사람들이 무릎을 꿇었다.

눈물을 흘렸다.

신이 드디어 우리에게 천사를 보내주셨다.

이 마계에, 악마뿐이 없는 세상에 희망을 주었다!

이단 심판관이 그를 증명한 꼴이다.

태양 길드의 전원이 무영에게 예를 표했다. 진정으로 거룩한 존재에게 보내는 경의였다.

심지어, 몇몇 성기사와 사제조차…….

"속지 마라! 너희는 눈앞에 저 검은 날개가 보이지 않느냐!"

세라피나는 대검을 들었다.

덜덜덜!

하지만, 세라피나의 손이 심하게 떨리는 걸 무영은 알았다. 전의 따윈 가브리엘의 날개를 본 순간부터 없었다.

무영은 천천히 손을 뻗었다.

무조건 죽이는 게 능사는 아니다.

뮬라란을 등에 업고 있는 세라피나는 유용하게 사용할 수 있을 것이다.

천천히, 세라피나의 주먹을 맞잡았다.

"아……!"

세라피나의 얼굴이 창백해졌다.

무영은 세라피나의 눈을 정면으로 바라보며 말했다.

"내가 아직도 악으로 보이는가?"

검은 날개를 지닌 남자가 세계를 파멸시킨다.

하지만 남자는 검은 날개만을 지니지 않았다. 하얀색과 회색의 날개도 지녔다. 그의 모든 날개가 펼쳐진 순간, 세라피나는 아무런 말도 할 수 없었다.

그에겐 여러 가지 모습이 있었다.

여러 신의 모습이 비춰졌다.

파멸, 죽음, 생명, 사랑 모든 게 있었다.

어쩌면 남자는 세상을 파멸시킬 수도, 그러지 않을 수도 있는 게 아닐까.

세라피나는 그저 무서웠다.

혼자 하늘 끝에 놓이게 된 기분이었다.

그래서 엎드렸다.

조아렸다.

"그렇게…… 보이지 않습니다."

눈물을 흘렸다.

한편의 사기극과 같았다. 하지만 편의를 위해서지 무영은 어디까지나 '선'과는 거리가 멀었다. 마신의 영역에 들어가 괴물들을 이끄는 게 무영의 본모습이었다.

이곳에선 혼자 활동하며 다른 '이미지'를 만들어낸 것이다.

"대도시에 천사가 강림했다."

"대도시에 신의 사자가 나타났다!"

"모든 악을 몰아내고 인류를 구원하기 위해서!"

그런 소문이 흘렀다.

사람에서 사람에게, 도시에서 도시로. 덩달아 무영을 따르는 이도 많아졌다.

덕분에 '인재 찾기'가 쉬워졌다.

오스카는 일을 잘 처리해 주었다.

"그런데 무영 님, 인재들을 모아서 키우시려고 그러는 겁니까?"

"키운다?"

"아니면 모을 필요가 없지 않습니까?"

하지만 오스카도 무영의 의도를 몰랐다. 하여 물었다.

무영은 성 내의 푹신한 의자에 앉아 피식 웃었다.

"말했겠지만, 마신의 영역에서도 살아갈 수 있는 인재들만이 필요하다."

직접 키우진 않는다.

마신의 영역. 그곳에 두면 알아서 크게 되어 있다. 살기 위해선 싸워야 했으므로.

다만 최소한의 도움은 줄 것이다. 그곳에는 사람들이 있었고, 도깨비나 다른 우호적인 괴물들도 있었다.

"에이, 말이 그런 거죠? 진짜 마신의 영역은 장난 아니라던데요? 거기서 초보자들이 어떻게 살아갑니까?"

오스카가 질겁했다.

무영은 답하지 않았다. 대신 책상 위에 쌓인 문서들을 살폈다. 모두 살수림과 관련된 자료들이다.

'여기 있군.'

그중 한 장을 꺼냈다.

알렉산드로는 정말로 살수림에 대해서 많은 걸 알고 있었다. 그중엔 심지어 무영이 모르는 것조차 포함되었다.

'웡 청린이 팔부신중 야차(夜叉)의 전승자일 줄이야.'

이는 무영도 몰랐던 사실이다.

팔부신중.

어쩌면 역사의 한쪽 굴레를 맡았던 이들은 모두 그들의 전승자가 아니었을까.

좋은 쪽으로든, 나쁜 쪽으로든 말이다.

'웡 청린은 본거지가 없다. 하지만 그가 움직이는 곳을 내가 알지.'

웡 청린은 그림자다.

결코 드러나지 않는다.

그러나 무영은 웡 청린이 만들어낸 '결과'를 알고 있다.

그 결과들을 따라가면 반드시 웡 청린과 마주치리라.

'우선 신을 죽이는 창.'

한 가지 물건이 머릿속에 떠올랐다.

반드시 웡 청린이 거쳐 가리라 생각하는 무기.

몰이사냥의 시작이었다.

세라피나조차도 이제 더 이상 의심을 하지 않았다.

그녀는 무영을 도왔다. 무영이 묻는 것, 하는 것에 모두 참여하고자 하였다. 엎드리고 조아리며 눈물을 흘린 뒤, 세라피나는 무영을 더 이상 이단으로 몰지 않았다.

그저 순응하였다. 거대한 힘에, 미지에 짓눌려 무영에 대한 판단을 포기한 것이다.

대신 다른 감정이 싹텄다.

세라핌은 사랑의 천사다. 세라피나 역시 마찬가지였다.

아예 대놓고 드러냈다.

'뮬라란에 사람을 심어둬서 나쁠 건 없다. 그리고 세라피나라면 신을 죽이는 창에 대해서도 알고 있을 테지.'

무영은 이를 목적을 위해 이용하고자 하였다.

신을 죽이는 창!

아직은 발견되지 않은 무기다.

하지만 시기상 지금쯤 관련된 정보가 모이고 있을 터였다.

이름은 신을 죽이는 창이지만, 결국 모든 존재를 꿰뚫는 보구다.

과거 딱 한 차례 나타났다.

그리고 그 주인이 누구였는지도 무영은 안다.

'웡 청린.'

신을 죽이는 창의 주인은 웡 청린이었다.

하지만 그 정보를 먼저 찾은 건 뮬라란에서였다.

고위사제들만이 알고 있는 사실을 웡 청린이 파악하여 낚아챈 것이다.

마신조차 꿰어 죽이리라 생각해 그들은 모두 기대했다.

물론 봉인이 되어 있어서 상상 이상의 신위는 나오지 않았지만, 어쨌거나 이후 뮬라란은 살수림과 완전한 척을 지게 되었다.

그럼에도 살수림은 건재했다. 철저한 점조직. 모든 걸 웡 청린이 제어했기 때문이다.

'내가 갖겠다.'

무영의 눈빛이 깊게 잠겼다. 웡 청린이 가질 것이라면 자신이 갖는 게 낫다. 더불어서 웡 청린은 어차피 부딪쳐야 할 상대였다.

빠드득!

떠올리는 것만으로도 이가 갈린다.

40년.

인간이 아닌 채로 살았다.

그저 살인 무기였을 따름이다.

웡 청린에 의해 수천, 수만에 달하는 이들이 키워지고 버려졌다.

이제, 진정으로 복수를 할 때가 찾아왔다. 그 지긋지긋한 고리를 끊을 때가 됐다.

복수의 일환. 그 첫 번째가 '신을 죽이는 창'의 탈환이다.

웡 청린과 부딪쳐도 지지 않으리란 자신이 있었다. 지금의 무영은 과거와 비교해도 부족함이 없었다. 오히려 능력치 면에선 더욱 낫다.

단지, 순수 능력치가 걸릴 뿐이지만 그를 감안해도 무영은 쓸 수 있는 수가 많았다. 그의 술수도 모두 파악하고 있었다. 숨고자 하겠지만 무영에게서 결코 벗어날 수 없는 운명이다.

"아악!"

어두운 저녁, 침실 안.

무영은 세라피나의 옷을 벗겼다.

우악스럽게 그녀의 둔부를 부여잡았다.

거친 숨소리와 함께, 세라피나의 몸이 활처럼 휘었다.

40장
신을 죽이는 창

환락의 밤이 지나고 날이 밝았다.

세라피나는 눈을 감은 채 잠들어 있었다.

하지만 무영은 잠에 들지 못했다. 누군가가 바로 옆에서 잠드는 경험은 여태껏 없었다. 익숙하지 않았고 생각할 것 또한 많았다.

'망설임.'

무영은 어제 세라피나의 눈에서 그것을 읽었다.

세라피나는 무영을 따르는 듯했으나 일말의 망설임을 가지고 있었다. 이단 심판관으로서의 직위와 무영의 정체에 관한 고민일 터.

하여 일을 섣불리 진행했다간 모든 걸 망칠 수도 있다.

어쩌면 세라피나가 무영에게 몸을 허락한 건 무영의 진짜 정체를 확인하기 위해서일지도 모른다.

완전한 신뢰는 금물이다.

무영이 아니었다면, 어지간한 남자라면 세라피나의 행동에 정신을 놓았을 것이지만 무영은 결코 방심을 하지 않았다.

세라피나는 아름답고 강하며 고결하지만 또한 독을 품고 있었다. 세라핌은 하늘을 나는 뱀으로 묘사되곤 하였으니 차가운 뱀의 심장을 쉽게 믿어서도 안 되는 것이다.

천천히.

조급해하는 순간 지는 싸움이다.

당장 신을 죽이는 창에 관한 정보를 알고 싶지만 아직 시간은 많았다. 저 망설임을 모두 지울 수 있을 때까지 무영은 스스로에게 가면을 씌워야 했다.

만약 세라피나가 무영에 대한 진실을 알게 된다면.

루키페르와 아수라, 움에 대한 이야기를 깨닫는다면 거침없이 무영을 찌르고자 할 것이었다. 그렇다고 당해줄 무영도 아니지만, 세라피나를 얻으면 득을 볼 게 많았다.

뮬라란의 정보는 살수림도 쉽게 수집할 수 없었던 것이었으므로.

그곳에 들어간 암살자는 백이면 구십은 죽는다.

다섯은 신의 종이 되고, 넷은 백치가 된다.

돌아오는 건 오직 하나.

그만큼 뮬라란의 방비는 혀를 내두를 수준이었다.

무영으로선 내부 정보를 가져올 수 있는 세라피나에게 군침이 도는 건 당연한 일이었다.

'알렉산드로가 숨겨놓은 것들을 확인해야겠군.'

몸을 일으켰다.

옷을 입고 일과를 시작했다.

소문을 듣고 사람들이 하나둘 대도시로 입성하고 있었다.

그들은 소문의 진실을 확인하고 싶었다.

정녕 천사인지, 아니면 천사를 자처하는 사기꾼인지!

하지만 그날 이후 무영은 바깥을 외유하지 않았다.

무영은 성 안에 있었다. 정확히 말하자면 성의 지하. 깊숙한 곳에서 며칠째 알렉산드로가 만들어 놓은 '시련'을 확인하고 분석하는 중이었다.

'시련 상자.'

네모난 검은색 사각형을 바라보며 무영은 턱을 쓸었다.

시련 상자는 시련과 보상을 설정해서 넣어놓는 물건이다. 그런 게 지천에 깔려 있었다.

그 숫자가 무려 100개였다.

아무래도 이것들은 알렉산드로가 준비한 '수련용 상자'인 듯싶었다. 강자를 육성하기 위한, 혹은 자신이 사용코자 이렇게 분류를 해놓은 것이다.

'순수 능력치의 상승을 꾀하는 수련용 상자들이다.'

분석하며 얻어낸 결론이었다.

모든 상자가 딱히 보상이랄 게 없었다. 대신 시련으로 설정된 것들이 극한의 육체적 노동을 요구했다.

의도는 뻔했다.

순수 능력치를 올리기 위한 수련실 같은 것이다.

대규모로 만들어 놨으나, 아직 실용화는 하지 못한 모양이었다.

'써보고 가져가야겠군.'

무영은 입꼬리를 살짝 말아 올렸다.

알렉산드로의 일지에서 이와 관련 된 글귀를 읽은 게 떠올랐다.

「수련용 시련은 순수한 힘을 키우기에 최적화되어 있다. 장비나 전승의 보조 옵션으로 달린 능력치는 도움은 줄지언정 결국 순수하지 못한 힘이다. 우리는 육체와 정신의 일체를 꾀해, 아직도 미지인 6차 각성에 대비하여야 한다. 시련 상자는 오로지 그것을 위한 안배다.」

6차 각성!

아직 그 기준을 이룩한 인류는 없다.

40년 후에는 6차 각성을 이뤘다고 예상되는 사람이 몇 있기는 했지만 여전히 미지의 영역으로 남아 있었다.

인류에게 한계로 자리 잡은 게 5차 각성까지다.

무영도 현재 4차 각성을 이뤘을 따름이었다.

6차 각성을 하면 초월체가 된다, 신이 된다, 무한한 힘을 얻는다 등등의 이야기만 무성하다.

알렉산드로는 그 미지의 6차 각성을 위해 순수한 힘을 더욱 길러야 한다고 주장하는 것이다.

확실히 각성의 지표가 순수 능력치이긴 했다.

하지만 순수 능력치를 500, 600까지 끌어올린 사람이 과연 몇이나 되겠는가.

단순한 노력으로는 안 된다. 빛나는 재능과 그에 걸맞은 투자로도 부족하다. 그야말로 하늘의 안배가 필요하다. 기연, 행운, 그러한 말로도 설명할 수 없는 기적과 같은 일을 겪어야만 가능한 것이다.

'마침 잘됐군.'

하나 무영은 알렉산드로의 의견에 동의했다.

순수한 힘은 중요하다.

게다가 날개로 인해 몸의 균형이 무너졌다.

안 그래도 훈련이 필요했는데 알렉산드로가 시련을 준비해 둔 것이다.

툭!

무영은 장비를 벗었다.

법보화시킨 뒤 무한의 주머니에 넣었다.

비탄도 마찬가지.

순수한 능력치를 키우는 공간이다. 다른 것들의 도움을 받으면 효과가 반감된다. 그리고 시련 상자를 아직 상용화는 시키지 않았으나 토대는 완성되어 있었다.

애당초 이것들이 완성된 지 얼마 안 됐다.

완성한 직후 천마신교와 접선을 한 게 아닐는지.

'먼저 맛을 봐야겠군.'

무영은 어깨를 풀었다.

알렉산드로의 안배. 그것이 무엇인지 확인을 해봐야겠다.

시련 상자는 상자마다 내용이 달랐다.

난이도도 천차만별이었다.

쉬운 건 한없이 쉬웠고, 어려운 건 무영조차도 풀기가 애매했다.

예컨대 단순히 허수아비를 치는 정도의 시련이 있는 반면 산을 옮기는 진정한 반복 훈련도 포함되어 있었다.

아무래도 알렉산드로는 반복 훈련만큼 육체가 적응하고 강해지기에 더한 게 없다고 판단한 모양이었다.

"우히히. 낭군님, 웬 삽질이에요?"

무영이 열심히 산을 옮기고 있을 때, 우히가 나타났다.

우히는 요정왕과 요정들을 추모한다고 한동안 바빴다.

그러다가 간혹 이처럼 동에 번쩍 서에 번쩍 나타나는 것이다.
무영은 답하지 않았다.
답할 겨를도 없었다.
전신에서 비가 오듯 땀이 뻘뻘 흘렀다.
삽 한 자루만 주고 산을 옮기는 일이다. 장비의 도움 없이 오로지 순수한 힘만으로 말이다. 그럼에도 평범한 인간의 잣대로는 평할 수 없는 속도지만 이런 육체적 노동은 간만에 해보는 느낌이었다.

〈체력이 1 상승했습니다.〉

능력치 상승이 빠른 편은 아니었다. 그러나 착실하게 오르고 있었다.
벌써 29번째 시련.
마지막 흙을 삽으로 퍼서 나르자 다음 문구가 떠올랐다.

〈삽을 이용해 산을 옮겼습니다.〉
〈소요시간 98시간 36분 22초.〉
〈수련의 법보(29)가 주어집니다.〉

장장 4일하고도 2시간.
일반적인 사람이라면 몇 년은 족히 걸렸을 일을 그 시간

만에 해냈다.

법보는 시련에 따라 한 장씩 주어졌다.

아무런 능력도 없는 그냥 평범한 종이쪼가리.

'이걸 모으면 다른 게 생기는가 보군.'

하지만 아무런 이유 없이 법보를 주진 않을 것이다.

무영은 즉시 다음 시련을 시작했다.

〈30번째 시련입니다.〉

〈발만 겨우 디딜 수 있는 절벽 위에서 태풍 사이를 걸으세요.〉

절벽 위에 발을 디뎠다.

콰아아아아아!

어마어마한 태풍이 양쪽에서 몰아쳤다.

동시에 무영의 몸이 떠올랐다. 날개가 받은 저항을 미처 견뎌내지 못한 탓이다.

무영의 일과라곤 먹고 자고 시련을 행하는 것뿐이었다. 간혹 세라피나와 밥을 먹거나 했지만 그게 전부였다.

거의 한 달이나 그래왔다. 그리고 벌써 90번째 시련을 행하고 있었다.

산을 옮기는 게 가장 시간을 오래 잡아먹었고 보통 시련 하나에 여섯 시간 가량이 걸렸다.

쉬운 건 시작하자마자 끝나는 경우도 있었고.

문제는 이번 시련이다.

쿵! 쿠우웅!

90번째 시련에선 강철거인이 등장했다.

단순히 싸워서 이기는 게 전부라면 어렵지 않았을 것이다.

하나 내용이 이상했다.

강철거인과의 철인 3종 경기!

300kg짜리 포탄을 던지고, 바다 속을 가르며, 420㎞에 달하는 거리를 주어진 코스에서 벗어나지 않은 채 순수 달리기만으로 완주해야 한다.

강철거인은 그 세 가지만을 특화시켜 만들어진 존재였다.

'어느 정도의 오락성과 성취감 그리고 의욕을 고취시키는군.'

연달아 패했다.

그래도 재미가 있었다.

무영이 겪어보지 못한 종류의 훈련들이었다.

누군가를 죽이지 않아도, 고통의 한계를 경험하지 않아도, 능력치가 오른다. 강해진다.

이런 게 가능하단 말인가?

시련들은 하나같이 육체를 전체적으로 자극해 한계를 넘게 만들고 있었다.

그 과정이 물 흐르듯이 자연스럽다. 이게 상용화되어 보편적으로 사용이 가능하다면 다른 이들도 엄청난 속도로 힘을 기를 수 있을 터였다.

'이 역시 기득권층의 특권이었겠지.'

하지만 과거에도 보편화는 되지 못했다.

무영은 이것들을 가져가 본격적인 육성에 사용할 계획을 세웠다.

'강해지는 데에 재미를 느낄 수 있다면…….'

입안이 말랐다.

무영은 흥분하고 있었다.

왜냐하면, 여태껏 무영이 경험한 '강함'이란 모두 극한에서 왔기 때문이다. 살아남기 위해. 그저 죽고 죽이는 싸움으로 만들어졌다.

재능이 있어도 즐기는 자는 이기지 못한다.

이런 알렉산드로의 발상은 전혀 색다른 것이었다.

"깡통, 다시하자."

무영은 강철거인에게 말했다. 그러자 무영의 앞으로 선이 그어졌다.

쿵!

소리와 함께 거인이 달리기 시작했다.

420㎞의 대장정.

무영은 16연패 만에 겨우 1승을 따낼 수 있었다.

적응력.

인간의 적응력이란 참으로 놀랍다. 그리고 무영은 그 끝에 있다고 할 정도였다.

'슬슬 날개에 적응이 되는군.'

날개는 움직일 수 있었다.

100개의 시련을 돌파했을 때, 무영은 날개를 안으로 집어넣을 수도 있게 되었다.

동시에.

〈100개의 시련을 모두 돌파했습니다.〉

〈최초로 100개의 시련을 돌파해, '현자의 물약'을 드립니다.〉

〈수련의 법보(100)가 주어졌습니다.〉

〈법보 100개가 모이기 시작합니다.〉

〈'아공간의 법보(A+)'가 완성되었습니다.〉

아공간의 법보!

말 그대로 무영에게만 주어진 새로운 공간이다.

물리적 법칙이 통하는 곳이며 직접 드나들 수도 있었다.

'아공간을 만들어 놨었군.'

아마도 거대한 아공간 하나를 만들어 놓고, 시련을 모두 통과한 자에게 그 공간을 나누어주는 것일 테다.

그리고 현자의 물약을 어떠한가.

'개화시킬 능력치가 있던가?'

어지간한 능력치는 모두 개화가 되어 있었다.

무작위성이 강하긴 하지만, 시간과 장소에 따라 개화되는 능력치가 달라지니 고민을 해봐야 했다.

'천천히 생각해 봐야겠군.'

무영은 일단 현자의 비약을 집어넣었다.

현자의 비약은 부르는 게 값일 정도로 극히 귀한 물건이다. 쓰기 싫어도 쓸 곳이 있는 그런 것.

이후 무영은 100개의 시련 상자를 모두 법보화시켰다.

순수 능력치도 크게 올랐다.

적어도 무구들로 인한 능력치가 더 높은 상황은 이제 나오지 않았다.

'이것들은…… 대박이다.'

직접 겪어본 바, 이 시련 상자들이 상용화되거든 인류의 평균은 크게 뛸 것이다.

초보자들에게도 더할 나위 없이 훌륭하다.

오히려 처음부터 이 시련을 모두 완주한 뒤 시작하면 적어도 비명횡사하는 일은 없을 터였다.

기존의 강자들도 한 번쯤은 겪어볼 만했다.

이런 식으로도 강해질 수 있다는, 그런 즐거움을 맛보는 것만으로도 스스로의 한계를 크게 집어던질 계기를 만들 수 있으니까.

알렉산드로.

만약 그가 의도한 거라면 그는 천재라고 부를 만하였다.

'상태창.'

무영은 상자를 챙기고, 모든 시련을 이겨낸 결과를 확인하고자 상태창 시계를 돌렸다.

다른 부분은 변화가 없었지만 능력치 부분엔 제법 전과 달라진 점이 눈에 띄었다.

능력치->

힘 515(300+215)

민첩 504(315+189)

체력 491(321+170)

지능 500(245+255)

지혜 410(275+135)

투기 340(180+160)

마법 저항 525(125+400)

망혼력 410(260+150)

악성향 450(300+150)

신성력 330(230+100)

종합 레벨: 491

주요 능력들, 그중 신체와 관련된 것들의 순수 능력치가 크게 올랐다.

평균 30이상씩은 오른 듯싶었다.

특히 민첩과 체력이 많이 올랐다.

몸의 균형과 반복성 훈련을 한 탓일까.

고작 한 달을 투자한 것치곤 훌륭한 결과다.

'500이라…….'

힘과 민첩, 지능과 마법 저항!

이 네 가지의 수치가 500을 넘겼다.

감회가 새로웠다.

500은 기준이다.

인류 10강조차 뛰어넘은 이가 거의 없는 미지의 세계. 그 입구다.

무영이 무서운 점은 앞으로의 성장 여지가 무한하다는 것이었다.

하지만, 저 500이 끝이 아니다.

무영이 올릴 수 있는 순수 능력치는 아직 많았다.

만약 이대로 막힘없이 성장한다면…… 전입미답이라는 6차 각성의 세계에 발을 디딜 수 있을지도 모른다.

'이만하면 되었다.'

무영은 고개를 주억였다.

태양 길드로 와서 얻은 것들은 셀 수가 없을 지경이다. 더불어 알렉산드로가 숨겨놓은 것을 모두 확인했다.

이제, 다음 도약을 위해 뛸 준비를 해야 했다.

무영은 '신비'를 지켰다.

사람들에게 절대로 자신을 노출시키지 않았다.

그 자체가 소문에 살을 붙이고 부풀려서 무영의 위치를 공고히 다져주었다.

물론 악질적인 비방을 일삼는 무리가 없는 건 아니지만, 대부분의 사람이 목소리를 높여 천사의 이름을 불렀다.

'신비가 깨지는 순간, 나의 인간성이 드러난다.'

신비는 중요하다. 인간의 상상력은 참으로 큰 무기다.

만약 무영이 길드 마스터가 된다거나 특정한 위치에 오르고자 한다면, 그 순간 신비가 깨질 가능성이 높았다.

인간인 게 드러나고 추앙심은 사라지리라.

하지만 가만히 있으면 신비는 더한 신비를 낳고 더욱 강력한 영향력을 끼칠 것이었다.

그래서 무영은 자신이 만날 사람을 선별했다.

푸른 사원을 건너온 인재를 말이다.

"생각보다 많군."

"적어주신 기준대로 선별한 겁니다."

오스카가 콧대를 높이며 말했다.

연무장 안에 150명에 달하는 사람이 모여 있었다.

나이도, 성별도 제각각이지만 그들에게선 초보자 태가 그다지 많이 풍기지 않았다.

'광속의 아이핀, 검호 가펠트, 백안의 야타.'

그중 익숙한 얼굴들이 보였다.

과거와 비교하면 많이 다르지만 선이나 윤곽은 쉽게 변하는 게 아니었으므로.

10강은 아니지만 과거에도 100강의 안엔 능히 들었던 자들이다.

'이번 달이 풍년이었군.'

한 번에 이만한 인재들이 넘어올 확률은 굉장히 적다.

그리고 될 성 싶은 나무는 떡잎부터 다르다고 하였던가?

마신의 영역에서의 생존 싸움 그리고 알렉산드로가 만든 100개의 시련을 통과하면 쓸 만한 전사로 탈바꿈 될 이들이 꽤 있었다.

"저분이 천사님?"

"오라고 해서 오긴 왔는데, 우리만 모은 이유가 뭡니까?"

사람들이 웅성거렸다.

당연히 궁금할 것이다.

다른 이유는 말해준 게 없으니.

무영은 연무장에 들어온 제3자의 시선도 느꼈다.

'세라피나.'

그녀는 무영에게 마음을 온전히 열지 않았다. 무영의 진면목. 진심을 파악하고자 모든 것을 투자했다.

여기서부턴 말 한마디가 중요하다.
"지구로 돌아가고 싶나?"
"돌아갈 방법이 있습니까?"
"있다면 부디!"
마계의 모두가 귀환하고자 하는 본능과 소망을 가지고 있다. 알렉산드로가 그랬고, 무영이 그랬다. 이제 한 달 된 이들이라면 그 마음이 절정에 달할 터.
난데없이 끌려왔으니 어떻게든 돌아갈 방법이 있다면 행할 것이었다.
순식간에 분위기를 휘어잡은 무영이 천천히 말했다.
"72좌의 마신을 죽여라. 그리하면 돌아갈 수 있다."
"마신……이 대체 뭡니까?"
무영은 짧게 일축했다.
"악의 결정체."
모든 악의 시작. 근원. 그것이 마신이다.
무영은 이어서 입을 열었다.
"마계에 있는 악마의 숫자는 일억 팔천만가량이다. 그 악마들을 다스리는 게 72좌의 마신이며, 그들은 오로지 파괴만을 위해 존재하지. 우리는 그들과 싸워야 한다."
모두가 입을 떡 벌렸다.
세라피나마저 흔들리는 게 느껴졌다.
구체적인 악마들의 숫자가 파악되는 건 대혼돈 이후다. 지금으로선 어느 누구도 그들의 숫자가 일억 팔천만이나 된다는 걸 모른다.

그야말로 아득한 숫자.

현재 마계에 잔존한 인류보다도 많다.

"불가능해 보이는가? 하지만 걱정 마라. 신께선 악마와 싸우기 위한 힘을 너희에게 주셨으니."

무영은 가면을 썼다. 믿지도 않는 신을 팔았다.

하지만 틀린 말도 아니다.

마계의 시스템은 신적인 존재들이 모여 만든 것이었으니까.

"악마들은 모든 존재를 지우고자 한다. 그들은 끝내 지구마저 삼켜버릴 것이다. 앞으로 머지않아 지구의 모든 인류는 소환될 것이며 그들은 모두 악마에게 노출될 것이다. 너희의 가족이 악마에게 유린당하고, 머리를 잘린 채 바닥을 뒹굴리라."

"……!"

"처, 천사님. 그게, 그게 사실입니까?"

모두가 경악했다.

설마 이 소환이 그처럼 대규모일 줄은 몰랐다는 듯.

그들의 입장에서 무영은 '천사'다. 말에 신빙성이 있었다.

그리고 놀란 사람은 또 있었다.

세라피나.

'대체 어떻게?'

그녀의 동공이 쉴 새 없이 흔들렸다.

인류가 모두 소환될 가능성은 상층부에서 이제 막 논의되고 있는 논제다.

무영은 예언이 있기도 전에 먼저 자기가 선수를 쳐버린 것이다.

예언을 기다리면 늦는다.

지금부터 준비해도 시간이 부족할진대 어찌 4년을 더 기다리란 말인가. 150명가량에게 말을 한 게 전부지만, 조만간 소문이 퍼져 나갈 것이다.

무영은 자신의 입으로 직접 사람들에게 전하지 않을 작정이었다. 그보단 소문의 힘이 더욱 막강한 것을 알기 때문이다.

"대비하라. 내가 너희에게 그들과 싸울 방법을 가르쳐 줄 것이다. 그들의 심장부로 들어가, 심장을 찌를 힘을 주겠다. 너희 자신을, 가족을 지킬 힘을 말이다."

사람들은 극한의 상황에서 더한 가족애를 발휘하곤 한다.

마계에서 오랫동안 생활한 사람이라면 경우가 조금 다르지만, 이제 막 지구에서 넘어온 이들이니 마음이 울컥하는 것도 이상한 일이 아니었다.

이들 150명은 푸른 사원에서 좋은 성적을 거뒀다.

최소한의 생존법을 안다.

또한, 약육강식을 깨우친 이들이다.

약하면 죽는다는 걸 알았으니 무영이 내민 동아줄을 어지간하면 놓으려고 하지 않을 터.

파아아악!

무영은 가브리엘의 날개를 활짝 폈다. 신성력이 뛰쳐나와 순식간에 주변을 감쌌다. 무영의 전신에서 은은한 빛이 났다.

그 효과가 마치 인간이 아닌 듯한 착각을 주었다.

'연출.'

결국 보이는 모든 건 연출이다.

사람을 움직이는 것도 연출이 90%였다.

"너희는 악과 싸울 전사로 선택받았다."

"아아……."

그들의 얼굴이 풀어졌다.

그들의 고생길이 열리는 순간이었다.

무영은 악과의 전쟁을 선포했다.

자신은 악이 아닌 양, 스스로를 포장한 것이다.

세라피나는 더욱 극심한 혼란을 느꼈다.

무영이 한 말은 틀린 게 없으며, 심지어 아무도 모르는 사실마저 알고 있었다.

실제로 거짓이 없었으니 더욱 헷갈릴 터였다.

'정말 신의 사자란 말인가?'

세라피나가 손톱을 깨물었다.

그는 정말 미지의 존재였다. 하지만 보면 볼수록, 악과는 거리가 먼 것 같았다. 그는 항상 악의 멸망을 주장했다. 자신의 선함을 보였다. 인류의 미래를 걱정했다.

그런 이가 어찌 악일 수 있겠나.

방심을 꾀하고자 모든 걸 주었다. 순결도 바쳤다. 무영은 언뜻 방심한 듯 보였다. 그것마저 무영의 의도였음을 세라피나는 알 수 없었다.

점점 선과 악의 경계가 무너져 갔다.

결국 답이 나오지 않는 문제. 누군가가 답을 내주었으면 하던 찰나, 무영이 쐐기를 박았다.

"마신들의 힘이 나날이 강해지고 있다. 세라피나, 우리는 대비해야 한다."

"대비……."

식사의 와중, 무영은 말했다.

"내가 왜 이곳에 있는 줄 아느냐?"

"모르겠어요."

세라피나는 말을 높이고 있었다. 그날 이후부터 헌신하는 척을 하기 위함이었다.

무영은 포크를 내려놓았다.

"신에겐 찰나가 우리에겐 영원과 같다. 이미 몇 가지의 예언이 도착했겠지만 그것은 과거의 것일 가능성이 있지. 사실상 예언이란, 오기 전에 해결해야 하는 것이다. 그리고 나는 한발 먼저 그것들을 해결하기 위해 왔다."

무영은 눈을 감았다.

그 모습이 마치 슬퍼하는 것처럼 보이기도 하였다.

그리고 이어서 말했다.

"유일하게 나뿐이다. 그렇기에 나는 모든 가능성을 열어야 한다. 모든 날개를 지니고 있는 건 그런 이유에서다. 이제야 말하는 건…… 때가 임박했기 때문이다."

"때가…… 임박했다니요?"

검은 날개를 가진 남자가 세계를 파멸시킨다.

어쩌면 검은 날개의 남자가 무영이 아닐 수도 있었다.

무영에겐 흰색도, 회색도 있으니.

실로 그럴싸하게 들리는 이유였다.

무영은 눈을 떴다.

"마신들이 조만간 활동을 시작할 것이다. 하지만 걱정 마라. 그들을 견제하기 위한 무기가 있다. '신을 죽이는 창'이 있으면 내가 그들을 견제할 수 있다."

세라피나가 움찔했다.

이 역시 지도부들만 알고 있는 이야기다. 안 그래도 그와 관련된 움직임을 취하고자 준비를 하고 있었다.

세라피나는 흔들렸다.

무영이 보인 행동과 말들. 만약 모든 게 사실이라면, 망설이고 있을 시간이 없다.

그러던 찰나 무영이 경고하였다.

"하지만 이 이야기가 새어 나가선 아니 된다."

"왜죠?"

세라피나가 궁금해했다.

창을 얻고자 하는 의도가 퍼져 나가선 안 된다. 웡 청린이 눈치를 채고 발을 뺄 가능성이 있었다. 그는 결코 모험을 하지 않는 탓이다.

하여 적당히 둘러댔다.

"내부에 적이 있기 때문이지. 얼마 전에 닌자들이 뮬라란에 침입하지 않았나?"

"……맞아요."

불과 며칠 전에 들려온 소식이다.

뮬라란에 닌자들이 잠입했다고. 그래서 감옥에 있는 한 명을 빼내어 갔다고.

하지만 뮬라란은 철통경비다. 절대로 닌자들 따위가 쉬이 들어올 수 있는 공간이 아니다.

내부의 적이 있지 않은 이상엔 말이다.

"내가 창을 바란다는 걸 그들이 알게 되고, 내 의도가 실패하게 된다면 인간들은 엄청난 타격을 받을 것이다. 나는 그것을 바라지 않는다."

무영은 세라피나에게 선택을 강요하고 있었다.

세라피나는 주먹을 꽉 쥐었다.

강요라지만 길을 제시한 것과 같았다.

흔들림이 조금씩 멎었다.

수많은 정황. 알 리 없는 사실들을 무영은 알고 있었다. 어쩌면 예언과 자신의 혼란 역시도 알고 있을지 모른다.

그래서 선택했다.

"……알겠어요. 비밀로 하고 움직이지요. 하지만 조용히 창을 가져오려거든 당신께서 모습을 감추고 제 '퍼스트 나이트'가 되어야 합니다."

퍼스트 나이트!

이단 심판관을 가장 가까이에서 호위하는 기사를 뜻함이다. 모든 이단 심판관이 퍼스트 나이트를 뒀지만, 유일하게 세라피나만은 공석인 채였다. 여태 곁에 두고 싶을 정도의 인재가 나타나지 않은 탓이다.

퍼스트 나이트는 이단 심판관과 가장 가까운 존재.

이단 심판관은 말 그대로 '심판'을 행하는 자였다.

성황조차 그 심판의 결과를 바꿀 권한은 없다.

하지만, 단 한 명.

유일하게 그 결과를 비틀 수 있도록 허락된 자리가 있었다. 그것이 바로 퍼스트 나이트다.

하지만 정의롭고 강인해야 하며 순결한 신성력을 가지고 있어야 했다.

악한 자가 신성력을 가지고 있다고 하더라도 결국 그 힘을 잃게 마련이다. 순도 역시 낮으니 퍼스트 나이트의 재목이 될 수 없음이다.

하지만…… 무영이 정말 천사라면.

'신성력의 순도가 높겠지.'

세라피나의 마지막 시험이었다.

성황의 신성력 순도는 89%.

성녀도 85% 수준을 거의 넘지 못한다.

같은 신성력이라도 이 순도에 따라 낼 수 있는 힘이 다르니, 천사라면 그 마의 벽을 뚫을 수 있을지도 모른다.

하지만 신성력의 순도를 잴 수 있는 도구는 이곳에 없다.

"퍼스트 나이트가 되려면 어떻게 해야 하지?"

무영이 묻자 세라피나가 답했다.

"저와 함께 '성신녀의 궁'으로 가야 해요."

같은 시대에 존재하는 성녀의 숫자는 매번 다르다.

지금 뮬라란엔 세 명의 성녀가 존재하고 있었다.

그중 하나가 성신녀의 궁에 있다. 그곳에서 악의 기운을 먼저 눈치채고 세라피나에게 연락을 한 것이었다.

'성신녀의 궁이라.'

무영도 들어본 적은 있었다.

성신녀의 궁엔 성녀가 기거한다고.

무영은 문득 스노우가 떠올랐다.

과거 그녀도 성녀였다.

대혼돈 이후 갑자기 나타난, 베일에 가려진 여인. 하지만 현재에 이르러 스노우는 무영이 아수라의 사도라는 걸 알아

차리고 메시지를 전했다.

'본래라면 디아블로스의 제단으로 가야 하겠지만…….'

스노우가 무영에게 무엇을 바라고 무엇을 보았는지, 궁금하긴 하다.

하지만 지금은 '신을 죽이는 창' 쪽이 더욱 급했다.

웡 청린을 잡을 수 있는 기회다. 설령 못 잡더라도 놈을 방해할 수 있다.

그래. 바라고 바라던 재회의 시간. 이 시간은, 누구도 방해하지 못한다. 방해하도록 놔두지 않을 거다.

"알았다."

무영이 짧게 말했다.

그러자 세라피나가 희미하게 미소를 지었다.

"고마워요. 멀지 않으니 3일이면 충분할 거예요."

세라피나는 옷을 갈아입으며 생각했다.

신성력이란 말 그대로 신성한 힘이다.

함부로 다가갈 수 없을 만큼 고결하고 거룩한 힘!

그 신성력의 순도는, 존재의 '정의'를 기준으로 나타난다.

하지만 인간의 한계는 89%다. 90%를 넘긴 자는 역대 없었다. 지난 수십 년간 성황이 두 번 바뀌고 열댓 명의 성녀가 나타났음에도 마찬가지였다.

그나마 현재의 성황이 가장 높은 신성력 순도를 가진 걸로 안다.

세라피나조차 82%에 불과했다.

이후부터는 1%의 차이가 엄청난 질의 격차를 불러온다.

사실상 신성력 순도가 85%가 넘고 신에게 권능을 부여받은 여자일 경우에 성녀라고 부르니, 이단 심판관들은 아쉽게 성녀가 되지 못한 여인들이라 보아도 무방했다.

세라피나 역시 과거엔 성녀 후보 중 하나였던 것이다.

'통과하면 그를 따라야지.'

세라피나는 그저 확인하고 싶었다.

마계에 없는 천사의 강림이 사실인지.

정보를 캐보았으나 그는 정말 하늘에서 뚝 떨어진 것처럼 아무것도 없었던 것이다. 가까운 인간이 있었다는 이야기가 있어서, 김태환이라는 자를 찾아갔지만 아무런 말도 들을 수 없었다.

그는 그저 무영은 특별한 존재라고만 일축할 뿐이었다.

신을, 천사를 따르는 건…… 지극히 당연한 일.

일단 여태까진 이상할 게 없었다. 그는 실로 정의로운 것 같았고, 실로 강인하였으니.

"우히히히히."

막 속옷을 걸치려고 하는 순간 미묘한 웃음소리가 들렸다.

고개를 돌리자 구석에 숨은 채 입을 가리고 웃고 있는 요정이 있었다.

'요정?'

그러고 보니 무영에 대한 이야기 중 요정과 관련된 것들도 있었다.

무영을 따르는 요정이 하나 있다고.

요정은 악한 존재를 어지간하면 따르지 않는다. 그 소문이 무영의 신빙성을 더욱 높여준 것이다.

설마 소문의 요정일까?

하지만 요정은 장난을 좋아한다. 그리고 그 장난이 통하지 않으면 삐져서 도망간다.

세라피나는 고개를 돌려 속옷을 바라봤다.

'애기들 장난.'

소리 없이 웃고 말았다.

속옷에 작은 애벌레가 기어 다니고 있었다.

애들이나 할 법한 장난.

누가 요정 아니랄까 봐.

"깜짝이야. 벌레가 있네."

영혼 없이 외치며 속옷을 침대 위로 던졌다.

"정말 무섭다."

영혼이 정말 무서울 정도로 증발한 듯한 연기였다.

"우히히히히히히!"

그러자 요정이 묘한 웃음소리와 함께 세라피나의 눈앞으로 나타났다.

"감히 우히의 낭군님한테 꼬리를 쳐? 이 여우같은 년!"

우히는 배웠다. 잘난 남자는 철저한 관리가 필요하다는 걸 말이다. 그리고 무영은 '너무나도 잘난 남자'였다.

언젠가는 이처럼 파리가 꼬일 줄 알았다.

하지만 가만히 내버려 둘 수도 없는 노릇.

문제는 한발 늦었다는 것이다. 설마 요정들의 추모를 모두 끝내기 무섭게 벼가 익어 쌀이 되어 있을 줄은 몰랐다.

"낭군님?"

세라피나가 고개를 갸웃했다.

우히는 눈을 부릅떴다.

"그래! 네가 꼬리친 남자는 우히의 낭군님이야. 우히한테 쓴맛을 봐야 정신을 차릴 테야? 우히는 이거보다 더 엄청난 일도 할 수 있어, 조심해."

세상에!

세라피나는 진심으로 놀랐다.

저 단어를 잘못 알아들은 게 아니라면, 요정이 실체가 있는 존재에게 구애를 하고 있는 셈이다.

본 적도 들어본 적도 없는 일.

'아니, 천사라면…… 납득이 돼.'

어쨌거나 둘은 꽤 가까운 사이 같았다.

마침 잘됐다. 궁금한 게 많았다.

"그분은 어떤 존재인가요?"

"유일한 별! 네까짓 여우가 넘볼 남자가 아니란 말씀이야. 우히도 아직 뺨에 입 맞춰본 게 전부인데 네까짓 게!"

뺨에 입을 맞춰봤다고 말한 순간 우히의 어깨가 축 처졌다. 세라피나와 무영 간에 있었던 일을 전부 알고 있는 듯싶었다.

세라피나가 입을 열었다.

"저기……."

"우히도 커지고 싶어. 너처럼 실체가 있으면 좋을 텐데."

우히가 입을 삐죽 내밀었다.

조금 전 장난을 칠 때와는 전혀 다른 태도에 세라피나는 당황했다.

그러자 우히가 고개를 들었다. 우히는 손가락을 맞대며 머뭇거리다가 말했다.

"있잖아. 우히는 궁금해. 살을 맞대면 무슨 기분이 들어?"

"따……듯해요."

"포옹하면?"

"아늑해요."

"그럼, 그럼 입술을 맞추면?"

"황홀, 해요."

세라피나는 사실대로 전했다.

무슨 이유에서인지는 모르겠지만 그래야 할 것 같았다.

우히가 세라피나는 부럽다는 듯이 쳐다보며 자신 없이 말했다.

"낭군님을 빼앗지 마……."

"빼앗을 생각은 없어요."

"진짜?"

"네."

"정말루?"

"네."

우히가 눈을 깜빡이며 세라피나를 바라봤다.

세라피나도 눈길을 피하지 않았다.

'요정의 눈은 정말 깨끗하구나.'

인형과 같은 몸. 빼어나게 귀엽기도 하지만 가장 아름다운 건 눈이다.

티 없이 맑다는 게 이런 걸 뜻하는 걸까?

"우히히히. 너 정말 착한 애구나? 그럼 너 첩해."

"첩이요?"

"두 번째 부인을 첩이라고 불러."

"아……."

그럴 생각까진 없으나 일단 장단을 맞췄다. 안 그랬다간 이 티 없이 맑은 요정이 바람처럼 훅 날아가 버릴 것만 같았다. 그만큼 불안정해 보였다.

"아까 장난친 거 미안해. 우히가 사과할게."

"괜찮아요. 그보다 궁금한 게 있어요."

"뭔데? 우히는 다 알아."
"그분은 정말로 천사가 맞나요?"
"천사? 아닌데?"
"예?"
우히가 천연덕스럽게 말하자 세라피나는 다시금 당황했다.
천사가 아니라고?
이후 우히는 전혀 예상외의 답변을 내놓았다.
"낭군님은 '희망'이야. 천사 같은 게 아냐."
"희망…… 희망."
작게 중얼거렸다.
추상적이다.
무엇을 뜻하는지 알 수가 없었다.
우히는 작게 혀를 찼다.
"낭군님은 천사도 악마도 아냐. 인간들은 참 멍청해. 왜 그런 조악한 단어들로 낭군님을 정의하려고 하는 거야?"
"정의되지 않은 존재는 두려움을 사니까요."
"천사면 되고 악마면 안 돼? 왜?"
"천사는 선하고 악마는 악하니까요."
"그러니까 멍청해. 낭군님은 낭군님인데. 왜 그걸 모를까?"
우히는 쉽게 말했다.
하지만 그게 가장 어려운 문제라는 걸 우히는 모르는 듯싶었다.

세라피나는 혹여나 싶은 마음에 물었다.

"그는…… 정말로 희망인가요?"

"응! 우히의 희망이고 모두의 희망이지. 아무도 낭군님의 마음을 모르지만, 낭군님조차 모르지만 우히는 알아. 누구보다 너희를 아끼고 사랑하신다는 걸. 표현 방식이 과격하긴 하지만, 우히는 그게 셈이 날 정도야."

우히는 한 치의 망설임 없이 자신 있게 말했다.

'우리를 사랑하신다.'

세라피나가 몸을 가늘게 떨었다.

무영은 얼굴을 가리는 투구를 썼다.

갑옷을 걸치고 날개를 가렸다.

100개의 시련을 해결하며 날개의 조종을 익혔기에 이제는 숨기고 나타내는 게 자유로웠다. 그리고 일천에 달하는 행렬과 함께 성신녀의 궁으로 출발했다.

하지만 이 행렬 중 무영이 태양 길드의 총사령관이라는 것을 아는 자는 없었다.

다만 '새로 들인 종자'라고만 세라피나가 설명했을 따름이다.

종자라.

기사의 하인 비슷한 것이다.

당장 퍼스트 나이트가 될 순 없었다. 그러니 일단 종자에서 시작하라는 뜻이었다.

그런데 여태껏 세라피나는 종자조차 두지 않은 모양이었다.

모든 걸 혼자 해결해 온 탓이다.

“저놈, 누구지?”

“본 적 있어?”

“세라피나 님이 종자를 두시다니, 허.”

“감히 세라피나 님의…….”

덕분에 주변에선 온갖 눈총을 받고 있었다.

무영은 세라피나와 조금 떨어진 채 천천히 걷는 중이었다.

그런 무영의 어깨 위엔 우히가 콧노래를 부르며 앉아 있었다.

“기분이 좋아 보이는군.”

작게 말하자, 우히가 무영의 귀에 대고 속닥였다.

“저 세라피나라는 여자요. 나쁜 여자 같지 않아요.”

“……?”

“우히히.”

우히는 마냥 웃었다.

무영은 고개만 갸웃할 따름이었다.

여태껏 가까이 다가온 모든 여자를 경계하고 질투하더니,

이런 적은 처음이었다.

하지만 이내 궁금증을 접었다.

성신녀의 궁에 도착하거든 바로 퍼스트 나이트가 되기 위한 시험이 시작된다.

'신성력의 순도.'

첫 번째 시험이자 가장 중요한 것.

사실 무영도 궁금했다.

가브리엘의 힘을 받았다지만, 그렇게 따지면 다른 성기사나 성녀들도 신의 힘을 이어받은 셈이다. 그들의 순도를 뛰어넘을 수 있을지, 없을지는 확신이 서지 않았다.

쿠와아아아아앙!

그때였다.

하늘이 어두워졌다.

정확히는 거대한 그림자가 지상을 가렸다.

무영은 고개를 들었다. 그리고 눈을 크게 떴다.

'저 용은…….'

익숙한 용의 형상이 곧 지상으로 내려왔다.

검은색 용.

어둠이 쏟아지는 활화산의 주인, 아르키사!

유일하게 인간에게 길들여진 용이었다.

족히 100m는 될 법한 몸집이었고 그 위에서 한 남자가 내려왔다. 모두의 시선이 집중됐으나 그는 곧장 세라피나에게 다가갔다.

“세라피나! 우연이로구나.”

“한성 님, 오랜만이에요. 하지만 우연은 아닌 것 같군요.”

세라피나도 알고 있는 듯싶었다.

다만 말투에 가시가 조금 있었다.

그 순간, 무영의 머릿속에 번개가 스치고 지나갔다.

그래, 한성. 그런 이름이었다.

저 모습. 과거와 그대로다.

인간 중 유일한 용의 계약자. 아니, 용을 길들인 남자.

용과의 계약으로 남자는 오랜 시간 젊은 모습을 유지할 수 있었다. 모든 상처가 순식간에 회복되었으며 용언마저 사용이 가능했다.

세간에는 불로불사라는 소문까지 돌았으니.

‘용군주!’

용군주 한성!

무영에게 있어서 가장 까다로웠던 암살 대상이다.

인류 10강이며 혁명가였던 남자.

과거 가장 ‘영웅’에 가까웠던 남자가 지금 무영의 눈앞에 있었다.

“마침 주변을 지나갈 이유가 있어서 말이지. 그나저나 세라피나, 더욱 예뻐졌구나.”

한성은 너스레를 떨었다.

용과 연결된 그는 감각이 매우 활성화되어 있었다.

그의 눈은, 귀는 주변의 모든 걸 듣고 파악하는 게 가능하다. 하여 무영은 심장 소리조차 죽였다.

용군주를 만난 건 기껍지만 지금은 신분을 숨긴 상태다.

혹여나 한성이 무영의 진면목을 알아보면 골치가 아파질 수도 있었다.

“입에 발린 말은 됐어요.”

“아니, 정말 예뻐졌대도? 내가 마지막으로 본 게 어언 10여 년 전이었으니 어엿한 아가씨가 되었어. 나한테 시집 와도 되겠다, 하하!”

“한성 님은 여전하시군요.”

“나야 늘 한결같지. 초심을 잃지 않는 남자라고 불러다오. 그나저나…… 이 방향이면 성신녀의 궁으로 향하고 있는 것이냐?”

한성이 반대편을 바라보았다.

여기서 하루만 더 가면 이제 성신녀의 궁이다.

그곳에서 무영은 시험을 받고 퍼스트 나이트가 될 예정이었다. 본래라면 이단 심판관의 움직임은 숨겨야 할 사항.

하지만 한성은 예외적인 존재였다.

세라피나가 긍정했다.

“네. 한성 님은?”

“사실 나도 성녀에게 볼일이 있다. 최근 마신의 영역에서 조금 이상한 일이 생겼지 뭐냐."

한성이 머리를 북북 긁었다.

인류 최강에 가장 가깝다는 남자.

하지만 어디에도 적을 두지 않아 바람과 같이 자유롭다.

세라피나가 살짝 놀란 듯 말했다.

"한성 님에게도 고민이란 게 있나 보군요."

"끄응, 세라피나. 내게도 희로애락이 있단다. 하여간에 마신들의 움직임이 예사롭지 않다. 다른 초월적인 존재들도 엉덩이를 슬금슬금 들려고 하고 있어. 조심하여라."

마계의 초강자로 분류되는 게 마신들만 있는 건 아니었다.

모든 산의 주인, 용들의 왕, 죽음의 군주, 달의 아이!

이 넷은 마신과 비교해도 꿀리지 않는다는 이야기가 있었다.

다만, 이 넷은 어지간하면 움직이질 않는다. 저들을 보고 살아남은 사람도 거의 없었다. 거의 전설처럼 여겨지는 이야기지만 그래도 실체를 확인한 사람이 있어 소문만은 내려오고 있었다.

하지만 마신의 영역에서 활동하는 한성이라면 저들을 보았을 수도 있었다.

적어도 '용들의 왕'을 한 번 마주하긴 했으리라.

용의 계약을 두고 그의 앞에서 서약을 맺었을 테니.

크릉! 쿵! 쿵!

그때였다. 어둠이 쏟아지는 활화산의 주인, 아르키사가 코를 벌렁댔다.

쿵!

조금씩 움직이자 홍해가 갈라지듯 성기사와 사제들이 뒤로 물러났다.

"아르키사가 무언가를 발견한 모양이구나."

한성은 여유로웠다. 아르키사가 함부로 행동하지 않는다는 걸 아는 탓이다.

마룡은 본래 신중하다.

이어, 아르키사가 무영의 앞에까지 다가왔다.

"세라피나, 저자는 누구냐?"

"제 시종이에요."

"시종에게 아르키사가 반응한다? 흐음."

한성의 말마따나 아르키사는 한참이나 무영을 내려다보고 있었다.

압도적인 크기. 두 개의 눈이 세로로 닫히고 열린다.

하지만 무영은 흔들리지 않았다. 투구에 뚫린 작은 구멍 사이로 아르키사를 마주하고 있을 따름이었다.

아르키사는 마룡. 죽음을 다루는 용이다.

과거 이놈을 죽이고자 무영은 오랜 시간을 사용했다.

모든 암살 대상 중에서 이 아르키사를 죽이는 게 가장 오래 걸렸다.

용의 감각은, 특히 아르키사 정도 되는 용은 인간과 같은 선상에서 생각할 수가 없었던 탓이다.

하지만 이제는 죽일 이유가 없다.

무영은 과거의 암살자가 아니다. 더는 누군가의 지시로 움직이지 않는다.

'영웅과 함께 살아가라.'

한성은 영웅의 표본과 같다.

대혼돈 이후 그가 혁명에 성공한다면 인류는 몇 발자국 더 진일보할 수 있으리라.

무영이 직접 그를 암살하지 않는다면 사실상 한성과 아르키사를 죽일 암살자는 없다고 보아도 무방했다.

같은 죽음을 다루고, 오랜 시간을 봐와서일까.

왠지 모를 동질감이 있었다.

무영은 손을 뻗었다. 그리고 아르키사의 콧잔등을 쓸었다.

크릉. 크릉.

아르키사가 작게 울었다. 하지만 기분 좋은 울림이었다.

"……놀랍군. 아르키사가 나 외에 사람의 손을 허락하다니."

한성이 눈을 부릅떴다. 한성만이 아니다. 세라피나도 마찬가지다.

세라피나가 아직 성녀 후보였을 시절. 한성은 뮬라란에 몇 년간 기거한 적이 있었다.

성황의 친구이자 극진한 손님으로서.

아르키사도 함께 왔지만 어느 누구의 손길도 허락하지 않았다. 억지로 만지려다가 어깨가 먹힌 사람도 있었다. 그나마 한성이 막았기에 망정이지 그대로 잡아먹힐 뻔했다.

그 이후 누구도 아르키사를 만지려 하지 않았다.

그림의 떡. 그 위풍당당한 자태를 바라보는 것만이 허락되었다.

한데 무영은 아무렇지도 않게 손을 댔다.

아르키사가 그것을 받아주었다.

세라피나도, 한성도 처음 보는 일이었다.

"그는 용과도 관계가 있는 사람 같구나. 용을 죽인 자의 냄새가 난다."

무영은 용사냥꾼을 전승한 바가 있었다.

암흑룡 바르사를 잡고 난 뒤에 얻었다.

하지만 이는 용에게 적대감을 불러일으키는 칭호다. 아르키사의 행동은 분명히 이율배반적인 것이었다.

"용사냥꾼……?"

"그래. 이 냄새는, 바르사로군! 어쩐지!"

그제야 이유를 이해했다는 듯 한성이 고개를 끄덕였다.

"바르사가 뭔가요?"

"새끼 암흑룡이다. 조막만 한 녀석이 깐죽대긴 잘했지. 아르키사가 언제 한 번 크게 눌러줄 생각을 하고 있었다고 하더구나. 그런데 바르사의 피 냄새가 저자에게서 나니 친근감을 느끼는 것이지."

크게 기꺼워하며 한성이 무영에게 다가갔다.

"자네가 바르사를 죽였나?"

끄덕!

이제 와서 숨길 수는 없었다.

한성이 눈치챘다면 거짓을 말하는 게 도리어 더욱 의심을 살 것이다. 그리고 일반적으로 용은 강력한 존재지만 사냥이 불가한 것도 아니었다.

"용을 죽인 자가 어찌 시종의 자리에 만족한단 말이냐? 혹시 원하는 게 있으면 말해라. 내가 이뤄줄 수 있는 것이라면 이뤄주겠다. 이는 내가 아닌 아르키사의 마음이다."

아무래도 아르키사와 바르사는 엄청난 악연으로 뭉쳐 있는 듯싶었다.

하지만 무영은 고개를 저었다.

한성. 그에게서 무언가를 받을 생각은 없었다. 그는 그저 그의 길을 가는 것만으로 충분했다.

"한성 님, 그가 지금은 시종이지만 저의 퍼스트 나이트 후보입니다. 제 허락도 없이 이상한 소리는 하지 말아주시지요."

"뭐? 퍼스트 나이트?"

퍼스트 나이트가 무엇을 의미하는지 한성도 잘 알고 있었다. 그래서 새롭게 봤다는 듯 무영과 세라피나에게 연달아 시선을 주었다.

가만히 지켜보던 사제와 성기사들도 놀라긴 매한가지였다.

일반 시종이 아니라 퍼스트 나이트 후보였단 말인가!

"유일하게 너만이 퍼스트 나이트가 없다고 들었다. 사실 만난 김에 괜찮은 아이를 소개해 주려 했거늘……."

화악! 화악!

쿵!

동시에 하늘에서 커다란 익룡이 나타났다.

아르키사에 비하면 한참 작지만 이 역시 무시 못 할 괴물이다.

레드 와이번!

상급 중에서도 가장 위에 위치한 포식자.

그 위에서 건장한 청년이 내려왔다.

"스승님, 후우. 겨우 따라잡았습니다."

청년이 고개를 절레절레 저었다. 그러다가 세라피나를 보곤 크게 헛기침을 내뱉었다.

영락없이 쑥스러워하는 모습.

"양반은 못 되는구나. 하여간 이 아이가 내 제자인 펜드래건이다. 2세대이지만 어렸을 적에 부모가 죽고 내가 키워왔지. 아마 한 번 본 적이 있을 게다."

"뮬라란에서 뵌 적이 있는 것 같군요."

"어차피 그 시종이 후보라면, 이 아이도 후보로 넣어주지 않겠느냐?"

"한성 님의 제자를 제가 어찌……."

세라피나가 한발 물러났다.

하지만 한성은 고집을 꺾지 않았다.

"나보단 이 아이의 소망이다. 어렸을 적에 너를 한 번 보곤 크게 반했다고 하더구나. 제자 자랑은 아니다만, 펜드레건 정도면 어디에 내놔도 강자 소린 듣는단다. 얼굴도 훤칠하고 성격도 나를 닮아 좋지."

"마지막 부분이 제일 걸리는군요."

"하여간, 어떠냐? 신성력이라면 걱정 마라. 모두의 어머니 이데아께서 녀석에게 직접 축복을 내리셨으니."

세라피나가 놀란 눈으로 펜드래건을 바라봤다.

뮬라란은 네 명의 신을 섬긴다.

구름의 신 '순', 바다의 신 '륭', 대지의 신 '한', 이들 셋의 어머니 '이데아'.

하지만 사실상 진정한 신은 이데아뿐이었다.

나머지 셋은 이데아의 자식으로서 대접을 받는 정도.

하나 이데아의 힘을 이은 사제나 성기사는 매우 적었다. 대신 힘을 받으면 엄청난 위력을 발휘했다.

역대 성녀나 성황 중 이데아의 축복을 받은 이가 압도적인 비율인 것만 보아도 알 수 있었다.

"반갑습니다. 펜드래건이라고 합니다."

"반가워요. 세라피나예요. 이름이 특이하시군요."

"아버지께서 직접 지어주셨습니다. 부디 제가 세라피나 님의 퍼스트 나이트가 되는 걸 허락해 주십시오."

펜드래건은 살짝 얼굴을 붉히며 한쪽 무릎을 꿇었다. 그러곤 강렬한 염원을 담아 세라피나를 바라봤다.

세라피나로선 한성의 부탁을 거절하기가 어려웠다.

한성은 성황의 오랜 친우이며, 뮬라란의 은인이기도 했기 때문이다.

문제는 무영이다.

무영이 있는 한 이 모든 게 희망고문뿐이 되지 않는다. 차라리 처음부터 거절을 하는 편이 낫겠으나 그러기엔 한성이 너무 걸렸다.

세라피나가 조심스럽게 무영을 바라봤다.

끄덕!

무영의 허락이 떨어지자 세라피나가 말했다.

"알겠어요. 같은 후보로 넣죠. 하지만 공정하게 심사하겠어요."

"바라던 바다. 오히려 그래주지 않으면 곤란해."

한성은 자신했다.

용사냥꾼. 혼자서 얻은 건 아닐 테다. 그를 감안해도 대단하긴 하지만 펜드래건도 만만치 않다.

펜드래건이 승부욕을 띄우며 무영에게 시선을 주었다.

'펜드래건. 한성의 제자. 있었던 것도 같군.'

한성이 암살당하자 펜드래건이 나머지 병력을 이끌고 날뛰었다.

하지만 다른 기득권들에 의해 순식간에 정벌을 당한 걸로 안다.

한성을 닮아 정의심이 투철하며 분명히 강자도 맞았다.

"아참, 아르키사가 통행을 방해했구나. 나는 위에서 따라가마."

한성이 눈치를 보다가 은근슬쩍 빠졌다.

펜드래건과 세라피나의 시간을 조금이라도 늘려주기 위한 수작이었다.

이윽고 한성이 사라지자, 펜드래건이 적극적인 공세를 취했다.

"여전히 아름다우시군요."

"고마워요."

"어렸을 적에 한 번 본 게 전부이지만 그때부터 잊은 적이 없습니다. 제가 이데아를 섬기며 그분의 은총을 받은 것 모두가 세라피나 님 덕분입니다."

"과찬이세요."

무영은 조금 더 멀리서 그 둘을 따라갔다.

저런 분위기가 무영에겐 그다지 익숙하지가 않았다.

성신녀의 궁.

작은 도시만한 규모의 사원이었다.

이곳에서만 수천의 사제와 성기사들이 기거한다.

세라피나와 한성, 펜드래건과 무영이 입성하자 그들은 조용히 환영해 주었다.

성녀도 미리 소식을 접하고 달려 나왔다.

세계수 장식이 달린 관을 쓰고 하얀색의 수수한 원피스를 입은 여인.

"반가워요. 한성 님, 세라피나 님."

여인은 성스러움 자체였다.

진정한 성녀만이 뿜어내는 분위기가 있었다.

무영은 이곳이 가시밭에 들어온 것처럼 불편하기 그지없었다.

성향상 맞지 않는 구석이 있어서인지도 모른다.

'시작이로군.'

하지만 무영은 개의치 않았다. 맞지 않는다고 피할 수도 없었다. 이미 퍼스트 나이트가 되기 위한 시험의 장소에 들어온 것이다.

그때 한성이 품 안에서 작은 검 조각을 꺼냈다.

검 조각. 별다른 특색도 없었다.

다만 면이 넓은 걸로 보아 대검에서 부서진 조각이라는 건 알겠다.

하지만 이상한 일이었다. 조각에서 느껴지는 힘이 상상이상이었다.

"대지의 성녀시여. 이 물건이 무엇인지 알아보시겠습니까?"

한성이 검의 조각을 건네자 성녀가 받았다.

대지의 성녀는 대지에서 온 모든 걸 알고 느낄 수 있는 힘을 지녔다.

한참이나 조각을 만지고 바라보던 성녀가 고개를 저었다.

"모르겠습니다. 이 세계의 물질이 아닌 것 같은 기분이 듭니다. 한성 님, 이걸 어디서 구하셨는지요?"

"용들의 왕. 그에게서 받았습니다. 그리고 그가 제게 이 조각의 주인이 누구인지 알아봐달라고 부탁했습니다."

"……!"

용들의 왕!

모든 용을 다스리는 초월적인 존재.

그 힘은 능히 마신과도 비견된다고 전해진다.

다만 그는 움직이지 않는다. 거대한 섬 하나와 같은 크기이고, 움직이는 순간 온 대지가 들썩이는 탓이다.

용들의 왕이 부탁했다면 결코 간단한 물건은 아닐 터.

성녀는 한참이나 생각하다가 마지못해 답 하나를 내었다.

"시간. 조각에서 시간의 무수한 흐름이 느껴집니다."

"시간이라. 이거 참, 성녀님께서 모르시면 '현자의 방'뿐이 안 남았군요. 그 뒷방 늙은이들은 평생 안 보겠다고 다짐했건만…….”

한성이 쯧쯧 혀를 차며 고개를 저었다.

그러나 조각을 바라보는 이들 중에는 무영도 있었다.

왜인지 저 조각이 익숙하다.

‘킹슬레이어.’

그의 검이다. 정확히는 그가 가졌던 검의 파편이었다.

왜?

어째서 용들의 왕이 킹슬레이어의 검 조각을 갖고 있었단 말인가.

그는 무영에게 결을 가르친 뒤 사라졌다.

홀연히. 처음부터 없었던 것처럼.

무영도 딱히 찾지 않았다. 그런데 예상외의 곳에서 킹슬레이어의 흔적은 찾은 것이다.

이윽고 한성이 물러나자, 남은 건 세라피나뿐이었다.

“세라피나 님께선 제게 어떠한 용무가 있으신가요?”

세라피나는 고개를 돌렸다.

가슴을 쭉 뻗으며 자신감 넘쳐 하는 펜드래건과 그냥 있는 듯 없는 듯 존재하는 무영을 바라봤다.

“두 사람에게 ‘퍼스트 나이트’의 시험을.”

“퍼스트 나이트! 아아, 드디어 짝을 두시려는 거로군요.”

성녀가 마치 자신의 일인 양 안도의 한숨을 내쉬었다.

세라피나도 성녀 후보였기에 둘은 서로를 잘 알고 있었다.

그리고 일곱 명의 이단 심판관 중에서 유일하게 세라피나만이 여태껏 퍼스트 나이트가 없다는 사실도 꽤 유명한 이야기였다.

퍼스트 나이트는 단 한 명만 두는 게 가능해서 '짝'이라고도 불린다.

세라피나의 짝이 누가 될지에 관해 뮬라란에서조차 지대한 관심을 갖고 있었다.

성녀가 다가왔다.

"만나서 반갑습니다, 대지의 성녀시여. 펜드래건이라고 합니다."

펜드래건은 한쪽 손으로 가슴을 쳤다.

그 위풍당당함에 성녀도 미소 지었다.

"반가워요. 늠름하시네요. 대지가 그대를 반기는 게 느껴져요."

"내 제자이니 당연히 그래야지."

한성이 또다시 제자 자랑에 나섰다.

이쯤 되면 팔불출이라고 봐도 무방할 정도.

성녀가 탄생을 내지르며 고개를 끄덕였다.

"아아, 용군주의 제자시라니. 정말 인류의 축복이로군요."

"과찬이십니다. 하하……."

펜드래건은 그런 한성을 향해 살짝 인상을 찌푸렸다. 스승의 이름값을 빌리는 게 크게 마음에 들지는 않는 모양이었다.

이어 성녀가 오른손을 뻗어 펜드래건의 이마에 대었다.

그러자 빛이 흘러나오며 몸의 불순물을 씻겼다. 정신이 맑아지고 두 눈의 빛이 더욱 강렬해졌다.

"대지의 가호가 함께하길."

"대지의 가호가 함께하길."

성녀가 말했고, 펜드래건이 받았다.

퍼스트 나이트 후보에게 남기는 성녀의 축하이자 축복이었다.

남은 건 무영.

성녀가 발을 옮겨 무영의 앞에 섰다.

그리고 무영의 눈을 보는 순간, 성녀는 잠시 할 말을 잃었다.

끝이 보이지 않는 눈빛.

선과 악을 분간할 수 없었다.

"이름을 알려주세요."

한참이 지나서야 겨우 물었다.

하지만 대답을 한 건 세라피나 쪽이었다.

"성녀시여, 그 사람의 이름은 가엘입니다. 말을 잘 못 하니 양해해 주시길."

"알겠습니다."

납득한 듯, 성녀가 무영의 이마에 손을 올렸다.

"대지의 가호가 함께하길."

청량한 빛이 무영에게도 스며들었다.

하지만 활기가 돈는다거나 눈빛이 깨끗해지지도 않았다.

그저 그대로.

이미 무영의 몸엔 불순물이라 할 수 있는 게 없었다.

몇 차례의 특수한 각성을 겪으며 노폐물을 전부 배출했기 때문이다. 또한 '대조화' 덕분인지 전신의 모든 세포가 균형을 맞추고자 움직였다.

무영은 숨만 쉬어도 몸의 독소를 배출할 수 있었다.

성녀가 잠시 머뭇거리다가 몸을 돌려 말했다.

"그럼…… 따라오세요. 퍼스트 나이트의 시험을 치를 수 있는 장소가 따로 있습니다."

퍼스트 나이트에게 중요시되는 덕목은 순결함이며, 강인함이며 또한 정의로움이다.

이 세 가지 중 하나라도 부족하면 퍼스트 나이트로선 실격이었다.

순결함은 당연히 신성력의 순도다.

더욱 고결하고 더욱 정순한 것.

양과는 관계없다. 양이 아무리 적어도 순도가 높으면 모든 걸 뒤엎을 수 있었다.

당연히 가장 먼저 봐야 할 것도 바로 이 '순도'였다.

누구나 신도가 되어 신성력을 가질 수 있지만, 악한 자는 결코 이 순도가 높게 나오지 않는다.

진정으로 신앙을 바쳐야만 더욱 큰 세례를 받는 것이다.

투명한 색의 구슬. 어른 머리통만 한 그것이 방의 중심에 놓여 있었다.

“신성력의 순도를 측정할 수 있는 구슬이에요. 여기에 신성력을 쏟으면 순도를 알 수 있답니다.”

성녀의 설명에 펜드래건이 앞장섰다.

“제가 먼저 해보겠습니다.”

솔선수범. 도전을 두려워하지 않는 태도다.

성녀가 이채를 띠며 펜드래건을 바라봤다.

저 정도라면, 다른 퍼스트 나이트들과 비교해서도 결코 부족함이 없다.

아직 시험을 치르지도 않았지만 성녀가 보기엔 그랬다.

“양손을 올리세요. 그다음부턴 절로 어떻게 해야 할지 알 수 있을 거예요.”

성녀가 재차 설명하자 펜드래건이 구슬 위에 양손을 올렸다.

그는 모두의 어머니 ‘이데아’의 세례를 받은 자.

어느 정도의 순도가 나올지는 성녀뿐만 아니라 세라피나도 자못 궁금해하고 있었다.

수아아악!

곧 구슬이 환한 빛에 잠겼다. 그러자 구슬의 밑바닥에서부터 빛이 차오르기 시작했다.

중간을 넘어 막힘없이 올라갔다.

잠시 후 빛이 멎었을 때 모두가 크게 놀랄 수밖에 없었다.

"86%!"

성녀가 감탄했다.

거의 성녀 수준에 육박하는 순도였던 탓이다. 남자는 이렇게 순도가 높게 나오는 경우가 매우 드물었다.

세라피나도 펜드래건을 다시 봤다는 듯 바라봤다.

펜드래건이 콧잔등을 쓸었다.

"괜찮게 나왔나 보군요."

"괜찮은 수준이 아니에요. 성자 중에서도 상위권에 들 만한 잠재력이라니……."

신성력 순도에 따라 여자는 성녀가, 남자는 성자가 될 수 있었다. 물론 순도만 높다고 성녀와 성자가 무조건 되는 건 아니지만 그만큼 잠재력이 뛰어나다는 뜻이다.

다음은 무영의 차례였다.

무영은 가만히 구슬로 다가가 손을 얹었다. 그러자 등이 간질간질해졌다.

날개가 튀어나오려는 걸 억지로 제어했다.

'신성력을 유도하는 장치인가 보군.'

신성력의 발현이 날개를 자극한 것이다.

무영은 내심 혀를 찼다.

이후 구슬의 쓰임새를 대충 짐작하고 무영이 신성력을 부었다.

화아아악!

펜드래건의 것과는 비교도 안 될 수준의 밝은 빛이었다.

양은 적었지만 모두의 눈을 멀게 하기엔 충분했다.

동시에 구슬이 차올랐다.

중간을 순식간에 넘어 70%, 80%, 90%마저 넘겼다.

그것을 바라보는, 무영을 제외한 모두의 눈에 경악이 서렸다.

이윽고 빛이 멈췄을 때 구슬의 전체가 밝게 발열하는 중이었다.

"99.9……."

마지막 한 줄이 아쉽게 차지 않았다.

하지만 누구도 그걸 아쉽다고 생각하지 않았다.

경악을 넘어서 경이로운 수치였다.

인간의 한계라는 89%를 아득히 뛰어넘었다.

이게 있을 수 있는 일이란 말인가?

성녀가 무영을 바라봤다. 세라피나도 무영에게 시선을 옮겼다. 하지만 둘의 반응은 점차 달라졌다.

성녀는 믿지 못했고 세라피나는 조금 안도할 수 있었다.

'그는 천사가 맞았어.'

순도는 거짓말을 하지 않는다. 이만한 순도를 내었다면 천사 말곤 없다. 신이라 해도 믿을 수 있다.

여태까지 했던 의심이 단번에 사그라졌다. 의심이 사라지자 안도감이 생겼다. 도리어 무영에게 미안할 지경이었다.

"세상에……."

성녀는 연이어 믿기지 않는다는 듯 탄성을 뱉었다.

수십 년간 이런 적은 없었다. 이만한 순도를 가진 인간은 본 적도 들은 적도 없었다.

그런데 지금 눈앞에 나타났다.

"구, 구슬이 고장이 난 걸까요?"

우스갯소리다. 구슬이 결코 고장 날 리 없다는 걸 성녀도 알았다.

모든 사제와 성녀, 성자 그리고 성황이 심혈을 기울여 만든 것이니까.

"저런 수치가 나올 수 있는 겁니까?"

펜드래건이 이내 인상을 구기며 말했다.

자신의 승리를 확신했다. 86%라면 능히 성자급이다. 이 정도 순도를 가졌는데 어느 누가 질 생각을 하겠는가.

그런데 졌다.

그것도 압도적인 차이로!

믿기지 않았다. 용군주 한성조차 침묵할 수준이었다.

"나올 수 없어요. 그게 정설이에요."

성녀는 사실대로 말했다.

89% 이상은 나온 적이 없다. 본 적도 없고.

구슬은 순도를 측정하지만, 90% 이상부턴 순전히 상상의 영역이었다.

비교할 표본이 존재하지 않으니 사실상 비교가 무의미했던 것이다.

불신이 드는 것도 어쩌면 당연한 일이었다.

펜드래건이 무영을 한 차례 노려보곤 말했다.

“다음 시험을 준비해 주십시오.”

“다음 시험은 달이 떴을 때 치러집니다. 우선…… 쉴 수 있는 궁으로 안내해 드릴게요.”

성녀가 스스로의 이마에 손을 올렸다. 얼굴이 불에 덴 듯 화끈거리고 있었다.

만약 사실이라면 이는 중대사다. 당장 성황에게 이 사실을 알려야 했다.

성녀가 세라피나를 바라봤다.

세라피나가 고개를 저었다. 그리고 작게 입모양을 바꿨다.

‘당장은 알리지 말아 달라’라고 세라피나가 말하고 있었다.

무영에게 배정된 숙소는 제법 컸다.

무영은 조용히 침대에 걸터앉아 있었다.

‘가브리엘의 영향인가?’

적당히 조절할 생각이었다.

하지만 순도라는 게 조절한다고 되는 게 아닌 듯싶었다.

로드 클래스, 대천사.

하물며 대천사 가브리엘의 힘이다.

오로지 '정의'를 추구하는 힘이 숨겨질 리도 만무했다. 오죽하면 루키페르조차 숨을 죽이고 있을 지경이지 않은가.

똑똑!

머지않아 누군가가 방문을 두드렸다.

발걸음 소리로 보아 세라피나였다.

"들어와라."

끼이익!

문이 열리자 예상대로 세라피나가 들어왔다.

세라피나는 가벼운 옷차림을 하고 있었다. 한 번도 본 적 없는 하얀색 원피스의 차림으로.

털썩!

그러곤 직선으로 다가와 무영의 앞에 무릎을 꿇었다.

"위대한 분을 알아보지 못한 제 우매함을 용서해 주십시오."

"알아봤으면 됐다."

"의심으로 가득 찬 이 두 눈을 도려내겠습니다. 그걸로 용서가 되신다면……."

세라피나가 짧은 비수를 꺼냈다.

꿈쩍도 안 하며 그대로 자신의 눈을 찌르려고 하자 무영이 발로 세라피나의 복부를 걷어찼다.

퍼억!

소리와 함께 세라피나가 옆으로 쓰러졌다.

"커흡!"

비수도 바닥에 떨어졌다.

무영이 자리에서 일어나 세라피나를 내려다보았다.

"자신의 몸을 함부로 훼손하지 마라."

"그럼…… 이 불신을 어찌해야 하죠?"

"시간은 많다. 천천히 갚아 가면 될 일이지."

가브리엘은 자비의 천사이기도 하였다.

세라피나는 여러모로 도움이 많이 될 인재다. 이대로 죽게 놔둘 순 없었다.

여기서 괜히 생각을 많이 하게 놔둬선 안 된다. 무영은 곧장 다른 주제를 꺼냈다.

"마신의 견제를 위해선 신을 죽이는 창이 필요하다. 너도 알 것이다."

"……예, 신을 죽이는 창은 '자멸의 언덕'에 위치해 있습니다. 현재 수많은 사제와 성기사가 그곳으로 향하는 중이에요."

세라피나는 있는 그대로의 사실을 말했다.

더는 숨기지 않기로 한 듯싶었다.

한데, 자멸의 언덕?

그 이름을 들은 순간 무영은 망치로 머리를 강하게 맞은 기분이었다.

'디아블로스의 제단이 있는 곳.'

설마 신을 죽이는 창이 그곳에 있을 줄이야!

그뿐만이 아니다.

스노우.

그녀가 무영을 부른 곳이기도 하였다.

41장
용군주

소름이 돋았다.

그제야 무영은 피할 수 없는 '운명'과 같은 것을 느꼈다.

어쩌면 스노우는 처음부터 지금의 일을 예견하고 자신을 부른 게 아닐까.

어차피 자멸의 언덕으로 오리라고 본 것이다.

스노우…… 과거 가장 강한 성녀로서 이름을 날렸으나 무영의 입장에선 그다지 비중이 큰 인물은 아니었다.

단지 태생에 대하여 의문이 있었을 뿐.

그녀는 인간이 아니었고 그렇다고 다른 어떠한 이종족 또한 아니었으며 천사는 더더욱 아니었기에 사람들은 그녀를 은연중 '베일'이라고 불렀다.

'나를 부른 이유.'

꺼림칙했다.

모든 걸 읽고 무영을 불렀다면, 그녀야말로 대예언가라고 칭할 만하였다.

누군가가 받는 신내림과는 비교가 안 되는 세세함.

하지만 그 근본적인 이유가 궁금하고 꺼림칙했던 것이다.

혹여나, 자신이 과거로 돌아온 사실마저 읽어냈다면?

'위험하다.'

그래. 어쩌면 다른 누구보다 무영에게 있어서 위험한 인물이 스노우일지도 모른다.

무영은 강해졌다. 강해지고 있었다. 누구보다 빠르게.

과거의 기억을 토대로 혹은 경험을 살려서 그것이 가능했다.

스노우가 적으로 돌아설 경우, 무영이 앞으로 행할 것들을 알아내는 것도 가능할 테지.

무영이 지금 웡 청린을 노리는 것처럼 '결과'를 안다면 난이도가 훨씬 낮아지는 법이다.

최악의 수까지 염두에 두었다.

스노우는 분명히 무영에게 도움을 줬지만, 그 도움이 마냥 호의에 의한 것이라고 해석하기엔 너무 달았던 탓이다.

그래, 달다.

무영은 그저 달기만 한 음식을 덥석 집어 먹을 만큼 어리석지 않다.

모든 것엔 이유가 있다.

스노우가 무영에게 바라는 것이 있다고 봐야 계산이 맞다. 그리고 그 바라는 것이 이루어지지 않았을 경우도 생각해야 했다.

마음속에 한 자루 칼을 갈았다. 스노우의 의도를 완벽하게 알아내기 전까지 이 칼을 결코 무뎌지는 일이 없을 것이다.

"하지만, 퍼스트 나이트가 되셔서 움직이는 게 편할 거예요. 무영 님의 능력을 의심하는 건 아니지만 그곳엔…… 눈이 너무 많으니까요."

"그럴 생각이다."

무영은 짧게 답했다. 그러자 세라피나의 눈에 안도가 스며들었다.

두 눈을 도려낼 각오로 왔으나 무영이 막았다. 그 과정이 다소 격하긴 했지만 우히도 말하지 않았던가.

'희망은 우리를 사랑하신다.'

다만, 그 표현이 과격할 뿐이라고.

"다음 시험의 내용은 뭐지?"

무영의 눈이 세라피나를 관통했다.

펜드래건.

그는 과거 세라피나의 퍼스트 나이트였을지도 모른다.

그러나 지금 무영에겐 그 자리가 필요했다.

이 직위로 말미암아 그가 과거에 중요한 무언가를 이룩했다면 모를까 적어도 무영이 아는 한도 내에서 그런 일은 없었다.

무엇보다 퍼스트 나이트보단 용군주 한성의 제자라는 직함이 더욱 강력하다.

고로, 무영은 그 자리를 찬탈하는 데 최선을 다할 생각이었다. 토끼를 잡는 데에도 온힘을 기울이는 사자처럼.

미리 도전 과제를 듣는 건 반칙이지만 그게 무슨 상관이란 말인가. 어차피 이기는 게 같다면 조금이라도 시간을 아끼고 싶을 따름이었다.

"병장 기술을 봅니다. 퍼스트 나이트는 모든 무기를 다룰 줄 알아야 해요."

세라피나가 거침없이 설명했다.

그다지 어려울 것도 없었다.

무영이 기본 검을 쓰긴 하지만, 사실상 병장기란 병장기는 전부 다뤄보았기에.

'국자로 싸운 기억이 나는군.'

지금은 지난 과거의 일.

주방에서 변장한 채 잠입한 것이 들켜 국자로 싸운 기억이 떠올랐다.

작게 미소 지었다.

과거를 떠올리고 웃을 수 있는 건 그만큼 여유가 생겼다는 방증.

'나는 다른 길을 걷고 있다.'

이 길의 끝에 무엇이 있을지는 모르지만.

적어도 과거처럼 끌려 다니는 인생을 살지는 않을 것이다.

활을 들었다.

빠르게 나는 표적을 맞추는 일.

총 20개의 표적이 허공에서 이리저리 뛰어다녔다.

저 20개를 빠르게 맞추는 사람이 이기는 싸움.

퉁. 퉁.

무영은 활을 약하게 당기며 탄성을 확인했다.

'좋은 활이다.'

신검합일. 검과 하나 되었으나 만류귀종이라고 하였다. 결국 모든 무기의 쓰임새는 비슷하다는 뜻이다. 다루고자 한다면 검이든 활이든 다루지 못할 이유가 없었다.

"가엘 님, 펜드래건 님. 그럼…… 시작해 주세요."

가엘은 무영의 가명이다. 가브리엘을 줄여서 대충 가엘이라고 둘러댄 것이다.

성녀가 신호를 보내자 펜드래건이 먼저 활시위를 당겼다.

투우웅!

퍽!

정확히 표적의 중앙을 맞췄다.

표적이 쓰러지자 펜드래건은 어깨를 으쓱했다.

이 정도는 아무 일도 아니라는 듯.

그러면서 무영에게 눈길을 줬다.

그에게 있어서 최대 라이벌은 무영이었다.

하나 무영은 자신의 할 일만을 묵묵히 행할 따름이었다.

무영은 두 개의 화살을 시위에 걸었다.

'활을 전문적으로 다루는 암활단에는 미치지 못하겠지만…….'

살수림 내에도 조직이 많다.

각자 전문분야로 나뉘어 관련된 무기에 대해 집중적으로 훈련을 받는다.

암활단은 당연히 활을 쏘는 살수들의 집단이었다.

그들은 기본적으로 동시에 세 개의 화살을 건다. 결코 표적을 빗맞히는 일이 없다.

무영은 두 개가 한계였다. 세 개부턴 정확성이 확 떨어진다.

슈슉!

퍼퍽!

연차적으로 두 화살이 날아가 표적에 박혔다.

찰나지간에 일어난 일.

그것을 본 펜드래건의 표정이 굳었다.

'대체 누구지? 저런 자가 어떻게 종자일 수 있단 말인가.'

원래라면 퍼스트 나이트가 되는 게 어렵지 않다고 생각했다. 용군주 한성의 이름을 제하더라도, 펜드래건은 확실히 강자였다.

신성력의 순도는 두말할 것도 없고 강해지고자 부단한 노력을 아끼지 않았다. 정말 뼈를 깎는 수련을 통해 이 자리까지 올 수 있었다.

그런데 웬 이상한 놈이 갑자기 튀어나왔다.

투구와 갑옷으로 전신을 가리고 있지만 나이가 많아 보이지도 않았다.

기껏해야 자신의 또래, 혹은 조금 더 많은 정도. 그리고 펜드래건이 아무리 눈치가 없대도 이쯤 되면 알 수밖에 없다.

세라피나가 무영을 총애하고 있다는 사실을.

'질 수 없다.'

펜드래건의 양 눈에 불이 치솟았다.

어렸을 적 한 번에 불과하지만 세라피나를 보고 푹 빠졌다. 힘들 때면 그녀를 떠올리며 수련에 박차를 가했다.

오로지 그녀의 처음이 되기 위함이었다.

한데…….

빠득!

다른 이는 몰라도 무영에게만큼은 질 수 없었다.

십팔반경기.

열여덟 가지의 무기와 그 무술에 대한 말이다.

대체로 무기의 종류는 이 열여덟 가지를 벗어나지 않는다.

하여 시험을 받는 것도 열여덟 가지에 달했다.

무영은 10가지가 넘는 무기를 다루며 단 한 번도 지지 않았다. 마치 오래된 달인처럼 자연스럽게 펜드래건을 찍어 눌렀다.

하나의 무기를 제대로 다루려면 보통 10년이 필요하다.

열여덟 개 모두를 저처럼 다룰 수 있는 자는 없다.

이는 대개의 사람들이 보편적으로 하는 생각이었다.

"강하군."

용군주 한성.

그는 어제 일이 있은 직후부터 무영을 눈여겨보고 있었다.

강하다. 능히 강자의 반열에 들 정도로.

하지만 왠지 모를 찝찝함이 있었다.

저게 전부가 아닐 것 같았다.

그러나 펜드래건으로는 무영의 진심을 끌어내는 게 불가할 듯싶었다.

'저런 자가 있었던가?'

한성은 인류가 마계로 소환되기 시작한 직후에 발을 들였다. 마왕들과의 전쟁, 괴물들을 몰아내고 도시를 세우는 것 모두 한성이 빠지는 일이 없었다.

그럴진대 무영과 같은 자는 본 적이 없다.

웬만한 강자는 줄줄이 꿰어 차고 있다고 생각하는 한성이 모른다면 어느 누구도 모른다는 뜻이었다.

"세라피나, 저자를 어디서 구한 게냐?"

"운이 좋았습니다."

세라피나는 말을 아꼈다.

그사이에도 무영은 연전연승을 달려 나갔다.

펜드래건의 표정이 붉은 걸 넘어 점차 흙빛에 가까워졌다.

압도적인 실력 차.

펜드래건은 아직 어리기에 그것을 쉽게 받아들이지 못하는 중이었다.

"마치 하늘에서 뚝 떨어진 사람 같구나."

"그럴지도 모르지요."

"그럴지도 모른다? 어허, 세라피나야. 비밀이 많은 여자는 사랑받지 못한단다."

"괜찮습니다. 저는 그저 충실한 종이기에."

충실한 종은 무언가를 받는 것보다 주는 쪽에 속해 있었다.

세라피나의 시선이 무영에게 닿았다.

어느덧 열일곱 번째.

창과 창술의 대결이었다.

오로지 창을 이용해 창술의 달인 열 명과 대련을 벌이는 것!

"창이라."

무영은 창을 쥐고 휙휙 돌려보았다. 그리고 적당히 감을 잡았다는 듯 달인들을 향해 뛰어들었다.

마치 전광석화처럼 파고들어가 그들의 공격을 물 흘리듯 흘려내며 한 명씩 맥을 끊었다.

죽지는 않았으나 무영의 창을 맞고 쓰러진 이가 속출했다.
무영은 결코 간단히 하는 법이 없었다.
“대단하구나. 모든 병기를 저렇게 다루는 건 쉬운 일이 아닐진대.”
한성이 감탄했다.
어떠한 스킬도 사용하지 않았다. 순수한 창술로써 저만한 모습을 보인 것이니 더욱 놀랍다.
결국 17번째, 창의 대결마저 펜드래건이 패했다.
마지막은…… 검.
검은 서로 간의 대결이었다.
무영과 펜드래건이 마주섰다.
“검만큼은 쉽게 되지 않을 것이다.”
이미 졌다.
열일곱 개의 병기를 다루면서 졌는데 검 하나를 이긴다고 승자가 되진 않는다.
하지만 펜드래건은 쉽게 받아들일 수가 없었다.
“아직 어리구나, 어려.”
용군주 한성이 그 모습을 보며 고개를 저었다.
펜드래건은 젊은 나이답게 혈기왕성했다. 달려 나갈 줄 알았다. 그러나 받아들이는 게 느렸다. 어리면 대개는 저럴 수밖에 없었다.
이윽고, 대련이 시작됐다.

무영은 눈을 감고 검을 들었다.

펜드래건이 미친 듯이 달려 나갔다.

이윽고 펜드래건이 지척에 달했을 때, 무영은 눈을 떴다. 그리고 오로지 한 점을 향해 검을 질렀다.

콰직!

검과 검이 부딪혔다.

이내, 펜드래건의 검에 균열이 가기 시작했다.

바스스스…….

균열이 심해지더니 가루가 되어 바닥에 스러졌다.

단 한 합.

아무런 마력도, 신성력도, 스킬도 쓰지 않았다지만 너무나 허무한 결말이었다. 굳이 검을 섞을 필요조차 없다는 듯. 무영은 무심하게 몸을 돌렸다.

"이, 이건 사기다! 이럴 순 없어!"

펜드래건이 악에 받쳐 소리쳤다.

그럴 만도 했다.

한성을 제외하고 처음 만난 벽. 하물며 꿈을 막은 채 버티고 있는 벽이었다.

어찌 분하지 않을까.

그 모습을 한성이 바라봤다.

"수준이 안 맞는구나."

펜드래건은 강하다.

그러나 상대가 너무 강했다.

단지 그뿐.

하지만 마지막에 보인 한 수는, 한성이 보기에도 예사롭지 않았다.

검 자체를 파괴시키는 검술이라니.

"다음 검의 대련 대상으로 제가 나가면 안 되겠습니까?"

한성이 성녀에게 물었다.

그러자 성녀가 곤란하다는 태도를 취했다.

"한성 님이요? 하지만 이미 결과가……."

한성은 고개를 끄덕였다.

"압니다. 결과를 번복하려는 게 아닙니다. 저의 제자가 약했기에 진 것이지요. 하지만 승자는 이대로 끝내기가 아쉬운 모양입니다."

"예?"

성녀가 의아해했지만 한성은 최소한의 예의를 지키고자 말을 걸었을 따름이다.

한성이 무영에게 다가갔다.

그러자 무영이 발걸음을 멈췄다.

"시험을 치르며 계속해서 내게 투기를 날리더구나. 내가 누군지는 모르지 않을 터인데……. 하지만 나도 이제는 네게 흥미가 생겼다."

한성이 이러는 이유는 간단했다.

저 가면을 벗겨보고 싶었다.

게다가 무영이 한성에게 투기를 계속 날린 것도 사실이었다.

여태껏 무시하고 있었으나 지금은 아니었다.

무영은 투구 안에서 한성을 바라봤다. 그리고 천천히 입가에 미소를 지어 보였다.

처음부터 무영의 관심은 펜드래건에게 있지 않았다.

펜드래건은 강하긴 하지만 무영이 신경 쓸 수준은 아니다.

어차피 무영의 승리는 확정되어 있는 것과 같았으며 펜드래건이 아무리 발악해 봐야 발끝에도 미치지 못할 걸 알았다.

하지만 펜드래건의 스승은 다르다.

용군주 한성!

인류 최강에 가장 가까운 남자.

특히 용과 함께 싸울 때의 그는 감히 범접할 수 없는 영역에 있었다.

마왕들조차 그가 출현하면 몸을 사렸을 정도라고 전해진다. 무영조차 말이 3년이지 천운이 닿았기에 암살이 가능했던 것이다.

당시의 그는 지쳤고 피폐해져 있었다.

하지만…….

'붙어보고 싶다.'

암살이 아닌, 정정당당한 대결을 펼쳐 보고 싶었다.

그래서 펜드래건과의 대결 도중에도 계속해서 투기를 쏘

아댄 것이다.

한성의 반응을 피하기 위함이었다. 그리고 보기 좋게 한성이 걸려들었다.

제자의 허무하기 짝이 없는 패배.

아무리 신경을 안 쓴다고 하더라도 신경이 쓰일 수밖에 없으리라.

“너는 충분히 강자다. 하지만 너무 오만하구나.”

한성도 무영의 의도를 적잖게 읽었다. 그리고 무영에게서 무한한 자신감을 엿볼 수 있었다.

용군주인 자신을 상대로 저런 자신감이라니!

물론 없는 것보다 낫지만 과하다. 과한 건 없느니만 못할 때가 많다.

펜드래건은 이제 햇병아리.

반면 무영은 고수였다.

한성은 처음 무영을 만났을 때부터 심상치 않음을 느꼈다.

고수는 숨기려 해도 티가 난다. 한성쯤 되는 이라면 더욱 쉽게 알아볼 수 있다. 절제된 동작과 심장 소리마저 규칙적이라면 평범한 자일 리 결코 없다.

말도 안 되는 신성력 순도.

어디서 나타났는지 모르는 초신성이었지만 한성이 ‘군주’라 불리는 이유는 패배하지 않기 때문이었다.

“칼 조각.”

무영은 짧게 말했다.

한성이 성녀에게 보인 칼 조각.

킹슬레이어의 것이라고 짐작되는 그것!

"이기면 칼 조각을 내놓으라는 소리냐?"

끄덕!

무영의 반응은 담백했다.

한성은 입꼬리를 말아 올렸다. 자신감도 이 정도면 불쾌한 수준을 넘어 재밌다.

용군주라고 이런 도전을 안 받아본 것은 아니었기에.

"좋다. 하지만 내가 이기면 너는 무엇을 내놓을 것이냐?"

자고로 내기란 쌍방에게 득이 되는 물건을 걸어야 했다.

용군주만 칼 조각을 걸 순 없었다. 그러자 무영이 품에서 현자의 비약을 꺼냈다.

"오호라. 현자의 비약이라면 조금 구미가 당기는구나."

현자의 비약은 부르는 게 값이다.

무척이나 희귀해서 거대 집단들도 몇 개 보유하지 못하고 있었다.

아주 뛰어난 유망주에게나 먹일 정도.

한성은 딱히 적을 둔 곳이 없다.

현자의 비약을 수급하는 데 제한이 있다는 말.

필시 펜드래건의 능력치 개화조차 몇 개 되어 있지 않을 것이었다.

그의 제자 사랑으로 보건대…….

"좋다. 받아들이마."

반드시 걸려들 수밖에 없었다.

어차피 그는 자신이 질 것이란 생각은 안 한다.

이어 한성이 고개를 돌렸다.

"성녀님, 이 싸움의 과정과 결과는 비밀로 붙여주실 수 있겠습니까?"

"알겠습니다."

넓은 궁 안에는 성녀, 세라피나, 무영과 한성 그리고 펜드래건뿐이었다.

한성의 싸움이 시작된다고 하면 사제와 성기사들이 몰릴 가능성이 높았다.

인류 최강에 근접한 남자와의 싸움을 보고 싶어 하는 건 그들도 마찬가지였으니.

하지만 지금의 한성은 다른 이들의 눈에 띄는 걸 좋아하지 않는다.

대혼돈이 지나고 진정한 영웅의 진면목이 드러내게 되지 지금은 아니다.

'영웅이기 전, 오롯이 한성으로 존재할 때.'

그와 싸워서 자신의 명암을 뚜렷하게 새기고 싶다는 그런 생각이 들었다.

무영은 고개를 주억이며 비탄을 뽑았다.

그르렁!

비탄이 울었다.

순수한 검술 대결.

그나마 무영이 사용할 수 있는 것이라곤 가속과 결뿐이었다. 죽음을 다루는 스킬을 이곳에서 사용할 순 없었고 그 외의 스킬은 너무 특색이 짙다.

무영이 천사로 유명해진 건 바로 그러한 스킬들 때문이었다.

반면 무영의 장비 같은 건 그다지 알려지지 않았다.

'이긴다.'

무영 역시 진다는 생각은 안 한다.

물론 어려운 싸움이 될 것이다.

전력으로 부딪혀도 될까 말까한 상대.

그럴진대 스스로에게 제약을 걸었다.

하지만 그것은 한성도 마찬가지다. 한성의 진면목은 아르키사와 함께할 때 나타난다.

이곳에 마룡 아르키사는 없다.

"그럼…… 시작하지."

한성은 쌍검을 들었다.

그는 쌍검술의 대가. 또한 세 가지 시크릿 클래스의 보유자였다.

'용의 계약자, 백검의 주인, 아이언 나이트.'

하물며 세 가지 모두가 서로에게 시너지 효과를 일으키는 것이었다.

무영과 한성은 한동안 서로를 살폈다.

누구도 먼저 움직이지 않았다.

무영의 머릿속에서 수백, 수천 가지의 경우가 떠오르고 있었다.

어떠한 경로와 속도를 가지고 어떻게 파고들 것인가. 혹은 어떻게 방어할 것인가.

가장 최적의 길을 찾고 있었다.

이는 한성도 마찬가지다.

'마냥 달려들 줄 알았건만.'

의외였다. 무영은 극도로 집중하고 있었다. 누구보다 신중하게 말이다.

처음 투기를 날릴 땐 힘에 취한 오만한 녀석으로 보았지만 싸움에 들어가니 그 모든 게 단순히 '보여주기'였음을 깨달았다.

'그저 내가 반응하길 바란 거였군.'

제법.

한성은 무영을 다시 보았다. 그리고 그렇다면 이 싸움은 더욱 질 수 없었다.

한성은 조금 더 진지하게 임하기로 하였다. 그리고 수천 가지의 경우 중 한 가지를 읽었다.

'찾았다.'

한성이 무영보다 한발 빠르게 길을 찾았다.

상체를 살짝 숙인 채 양손에 든 검을 늘어뜨렸다. 바람의 저항을 최저한으로 받으며 눈 깜빡할 사이에 무영의 앞에 섰다. 그리고 너무나도 자연스럽게 무영의 영역을 '침범'했다.

문을 두드리는 식의 노크는 일절 없었다.

그야말로 무단침입.

'박자가 다르다.'

무영은 인상을 찌푸리며 한 발자국 물러났다.

느닷없이 치고 들어와 침범했다.

평소라면 당하지 않았겠으나 한성의 박자는 일반인들과 달랐다.

한 수만 봐도 알 수 있었다.

치이익!

갑옷이 긁혔다.

극적으로 반응했기에 얇다. 조금만 늦었어도 허리가 날아갔을 터.

무영의 입가가 떨렸다.

한성은 진심으로 임하고 있었다.

정말로 무영을 죽일 기세다. 그 역시 적당히 하는 법을 모른다.

'재밌군.'

무영은 즉시 반격에 들어갔다. 그대로 비탄을 횡으로 그었다.

쩌적!

한성이 검으로 막았으나 금이 갔다. 쌍검 중 하나가 이내 빛이 되어 흩날렸다.

그의 반응마저 생각하여 미리 결을 때린 것이다.

하지만 한성은 아무렇지도 않다는 듯 손을 털었다. 그러자 검 하나가 더 생성되었다.

'애초에 그가 사용하는 검은 그저 실체를 입힌 검이지.'

백검의 주인.

말 그대로 백 가지 검을 그는 갖고 있었다.

하지만 본래 형체가 없으며 스킬을 사용하면 무형의 검에 형체를 입히게 되어 세상에 발현되는 것이었다.

그래도 약간은 놀란 기색이었다.

무영 역시 평범한 이들과는 박자가 다른 탓이다.

생체의 리듬, 감각, 모든 게.

일순 한성의 모습이 사라졌다.

'맹점.'

무영은 즉시 옆으로 몸을 던졌다.

쿵!

그러나 한성의 노림수는 역시나 무영이 몸을 던질 곳이었다. 발로 얻어맞았고 무영의 몸이 궁전 기둥에 박혔다.

무영은 머리를 털고 일어났다.

순수한 검술의 대결.

단순히 한두 수 앞을 내다보는 것으로는 안 된다.

결국 수 싸움이었다.

단순 능력치는 살짝 한성이 우세했다. 검술 자체도 한성이 우세하다고 할 수 있다.

검일보다 더욱 검술에 일가견이 있었다.

하지만…… 무영에겐 한 방이 있다. 무영의 공격은 모두 치명적이다. 단 한 방이 모든 걸 뒤엎는 게 가능했다.

그것을 한성도 본능적으로 깨닫고 있었다.

그렇기에 반격을 허용하지 않도록 공격에 신중함을 가하는 중이었다.

'거대 철인과 싸우는 기분이군.'

알렉산드로의 시련 중 가장 어려웠던 걸 꼽으라면 당연히 거대 철인과의 삼종경기다.

무영은 그곳에서 무수히 패했다.

하지만 계속해서 도전했다.

재미가 있었고 성취감이 있었다.

지금의 싸움이 그러하다.

무영이 말했다.

"제대로 가지."

목을 양쪽으로 꺾으며 비탄을 제대로 쥐었다.

간보기는 끝났다.

성녀도, 세라피나도, 펜드래건도 지금의 상황을 믿을 수가 없었다.

한성과 대등하게 싸우는 인간이라니!

그나마 세라피나는 경악이 덜한 편이었다.

무영이 천사라고 굳게 믿고 있었기 때문이다. 오히려 날개를 펼쳤다면 한성조차 이길 수 있으리라고 생각할 정도였으니.

반면…… 펜드래건의 눈동자가 거세게 흔들렸다.

'스승님과 대등하게 싸운다고?'

저 정도 실력이라면 처음부터 자신에게 가망은 없었다는 것이다.

그야말로 계란으로 바위치기.

백 번을 쳐도 바위는 부서지지 않는다.

펜드래건 자신은 계란이었다. 무영은 거대한 바위였다. 그것을 이제야 깨달았다.

창피함, 굴욕감, 온갖 잡다한 감정이 전신을 지배했다.

하지만…….

펜드래건은 세라피나를 바라봤다.

세라피나는 무영에게서 눈을 떼지 않았다. 무영의 일거수일투족을 살폈다. 자신이 쳐다본다는 것조차 전혀 의식을 못하는 것 같았다.

'졌다.'

인정했다. 하지 않을 수 없었다.

퍼스트 나이트가 되면 뭐하나.

결국 세라피나의 마음을 얻지는 못할 것이다.

대결을 할 때는 분하기도 했지만, 이 정도의 실력 격차가 난다면 자신이 우스울 따름이었다.

세라피나의 뺨엔 홍조가 깃들었다.

사랑에 빠진 소녀는 아니다. 그러기엔 너무나도 무표정하다.

그녀는 그저 집중하고 있었다. 이 세상에 무영뿐이 없다고 생각하는 중이었다. 어쩌면, 자기 자신의 존재조차 잊은 게 아닐까.

그만큼 무영이 보여주는 모습은, 단순 검술일지라도 모든 걸 압도하기에 충분했다.

더 이상은…… 무의미하다.

펜드래건이 고개를 숙였다.

이런 패배감은 오랜만이었다.

눈가에 눈물이 살짝 고였다. 첫사랑의 끝을 알리는 눈물이었다.

'더욱 강해질 것이다.'

펜드래건이 눈가를 닦아내곤 다시 전황을 바라봤다.

마침, 싸움이 끝나가고 있었다.

무영은 한성을 상대로 90개가량의 검을 깼다. 100개의 검을 두르는데 거의 한계까지 밀어붙인 것이다.

무영의 흐름은 확실히 이상하였다.

갑자기 빨라지거나 느려지거나 했으니까.

그럼에도 한성은 무너지지 않았다. 도리어 더욱 강하게 몰아붙여 무영의 전신을 난자했다.

갑옷은 이미 넝마쪽이 되어 있었다.

서걱!

마침내 투구도 베었다.

하지만 입가만 드러났다.

그는…… 웃고 있었다.

누가 봐도 한성의 우세.

실제로 무영은 힘을 조금씩 달려하는 중이었다.

'즐기는 자는 이길 수 없다.'

펜드래건이 이를 악다물었다.

그는 진심으로 싸움을 즐기고 있었다.

촤악!

무영도 당하고 있지만은 않았다.

반쯤 쓰러진 상태에서 비탄이 한성의 허벅지를 꿰뚫었다.

한성도 무영의 어깻죽지를 길게 베었다.

이후부터는 난도질의 시작이었다.

둘 다 오뚝이처럼 일어났다.

그로부터 장장 반나절.

"대단하군."

얼마나 싸웠을까.

한성은 만족했다는 듯 이를 드러내며 웃었다.

피가 눈을 덮었다.

전신이 걸레짝이 되었다.

둘 다 당장 죽어도 이상할 게 전혀 없는 상황.

누구도 멈추지 못했다.

둘의 싸움을 멈추는 순간 더욱 큰 피해가 날 것 같았기에.

둘 다 칼끝에 서 있었던 탓이다.

한쪽이 멈춘다고 끝나는 싸움이 아니었다.

"……."

무영은 대답하지 않았다.

아니, 대답할 기력조차 없었다.

털썩!

둘은 동시에 쓰러졌다.

장장 반나절가량 이어진 싸움.

모두가 침묵했다.

믿기지 않았다.

동시에…….

용군주 한성과 웬 무명의 남자 한 명이 싸우고 양패구상을 이뤘다. 있을 수 없는 일, 벌어져선 안 되는 일이 눈앞에 놓인 것이다.

꿀꺽!

“어떻게…….”

성녀가 가장 먼저 입을 열었다.

그리고 조심히 다가갔다.

용군주는 인류에게 있어서 특정한 ‘상징’과 같았다.

그런 이가 졌다는 게 만에 하나라도 알려지면 많은 이가 휘청거릴 터.

혹여나, 상대가 그만한 대상이라면 모르겠다.

그러니 확인을 해야 했다.

척!

성녀가 무영의 투구를 벗기려고 하자 세라피나가 막아섰다.

“성녀님, 제 종자는 제가 치료하겠습니다. 성녀님께선 한성 님을 부탁드립니다.”

“아, 아아…… 그렇지요. 먼저 치유의 기도를…….”

성녀는 정신을 차리지 못했다. 그녀 역시도 오랜 시간 한성이 인류 최강이라고 생각했던 탓이다.

펜드래건은 그저 멍하니 서 있을 따름이었다.

“커흡!”

그때였다.

한성이 자리에서 일어난 건.

용의 강력한 마력이 흘러들어 한성의 몸을 치유시킨 덕이었다. 안 그래도 재생력이 상상을 초월할 수준인데 아르키사의 마력으로 말미암아 한성은 목이나 심장이 꿰뚫리지 않는

한 죽지 않았다.

"퉤!"

한성이 죽은피를 뱉어냈다. 그러곤 엉거주춤 자리에서 일어났다.

"괴물 같은 놈이로군."

무영에 대한 한성의 감상이었다.

어디서 이런 괴물이 튀어나왔단 말인가?

아르키사의 마력이 없었다면 못해도 수개월은 치료에 전념해야 했을 것이다. 용의 피부와 용의 재생력이 뚫린 건 십수 년 만이었다.

한성이 한 발 내딛자 다시금 세라피나가 막아섰다.

"제 종자는 제가 맡겠습니다."

"그의 얼굴을 보려는 게 아니다. 너와 이 가엘이라는 남자는 서로 무언가를 숨기고 있는 것 같다만…… 다행히 스스로 회복하는구나."

한성은 그저 무영의 상태를 확인하려고 가까이 다가간 것뿐이었다.

무영의 전신에 미미한 빛이 어렸다.

신성력과 치유 스킬이 자동으로 발동하여 몸을 고치고 있었다. 다만 빛이 약했다. 싸움의 중간 중간 아낌없이 회복을 사용했던 탓이다.

'하!'

한성은 내심 헛웃음을 흘렸다.

무영이 사용하는 회복 스킬은 회복이 아니라 거의 복원 수준이었다. 그걸 다섯 차례쯤 사용했는데 그럴 때마다 공격이 더욱 매서워졌다.

이후 신성력이 고갈됐다고 생각했으나 그사이에 조금씩 들어차고 있는 듯싶었다.

단순히 순도만 높은 게 아니다. 신성력의 회복 능력도 출중했다.

이걸 어찌 괴물이라 아니할 수 있겠나.

“스승님! 이기셨군요!”

펜드래건이 부득불 달려왔다.

이전의 멍했던 얼굴은 온데간데없다.

있다면 오로지 안도감.

하지만 한성은 고개를 저었다.

“그의 신성력 잔여량이 조금만 더 많았다면 내가 패배했을 것이다. 아니…….”

이내 이마를 짚으며 한숨을 내쉬었다.

이겼다? 이걸 진정으로 이겼다고 할 수 있을까.

찝찝했다. 무영이 본 실력을 드러내지 않은 것 같았다.

물론 그것은 한성도 마찬가지다. 아르키사와 함께하지 않았으며 최후의 비기도 사용하지 않았으므로.

검강이나 이기어검 따위의 그런 절초들.

순수한 검술의 대결이었기에 굳이 사용하진 않은 것이다.

그저 검술에 도움이 되는 기본적인 스킬들만 사용했다.

그러나, 한성은 용군주다.

군주라는 이름을 단 이상 그는 항상 압도적이어야 한다. 그러지 못하고 양패구상을 이룬 것이다. 서로가 적당한 힘을 숨겼다 한들 그게 변명거리가 되진 않는다.

한성은 눈을 꾹 감았다.

결과적으로 이 싸움은 결코 자신이 이겼다고 할 수 없었다. 하물며 싸움의 도중 한성은 몇 번이나 무영을 놓쳤다.

이윽고 한성이 무겁게 말했다.

"내가…… 졌다."

무영은 눈을 떴다.

밝은 빛이 창가로 들어와 이맛살을 찌푸렸다.

'신기하군.'

상반신을 들어 올린 채 마지막 기억을 되새겨 보았다. 서로가 큰 상처를 입어 쓰러진 것까진 기억이 난다.

그 후 기절하여 실려 온 듯싶었다.

하지만 용군주와의 싸움을 상기하자 신기한 기분이 들었다.

용군주는 본심을 내지 않았다.

무영이 기억하는 용군주 한성의 힘은 그 정도가 아니었다.

검에 강력한 기운을 덧씌우는 검강과 백 개의 검을 동시에 자유자재로 날리는 이기어검의 구사자였다.

그러나 전력을 안 낸 건 무영도 마찬가지.

어둠과 관계된 힘은 일절 사용하지 않았다. 가속도 8배속까지만 내었다.

무영은 최대 16배속으로 시간의 흐름을 보낼 수 있었는데 그 절반만 사용한 것이다. 물론 서로의 전력을 부딪친다고 하더라도 무영이 이길 확률은 3할이 되지 않을 터다.

아르키사가 등장하고 한성이 이기어검을 사용하면 언데드 전부가 달려들어 봤자 3할 미만.

그러니 양패구상이 신기할 수밖에.

'아르키사는 바르사와 비교가 안 되는 용이다.'

드워프들과 사냥한 바르사는 꽤 어린 용이었다.

반면 아르키사는 성룡 중에서도 굉장히 강력한 편이었다. 비교가 불가하다.

무영은 희미하게 미소를 지었다.

어쨌거나, 암살이 아닌 정통 대결이었다.

만약 무영이 여기서 승리했다면 도리어 실망했을 것이다.

하지만 무영은 깨끗하게 인정했다.

졌다고!

그는 여전히 강했고, 강인했고, 벽처럼 존재하고 있었다.

과연 영웅이라 칭할 만하였다.

세뇌당했지만, 그를 감시한 3년은 모두 기억이 난다.

그가 어떠한 우여곡절을 겪으며 투쟁했는지 이 세계에서 오로지 무영만이 알고 있었다.

'영웅의 재목…….'

40년 전이나 후나 여전히 출중한 사내이지 않은가.

그러나 마냥 넘는 게 불가능해 보이진 않았다.

무영의 성장 속도는 그들의 상상을 아득히 뛰어넘고 있었으니까.

한성만이 아니라, 아르키사를 동시에 상대할 수 있는 날도 반드시 올 것이었다.

"일어나셨군요."

잠시 후 문이 열리며 세라피나가 들어왔다. 손엔 물이 담긴 그릇과 수건이 들려져 있었다.

자연스럽게 옆에 앉았다. 그리고 수건을 물에 담가 짜내었다.

"뭐하는 거지?"

"땀을 많이 흘리셨어요. 닦아드리겠습니다."

세라피나는 정성스럽게 무영의 상반신을 닦았다.

스윽. 스윽.

잠시간의 정적.

누군가가 몸을 닦이는 이런 경험은 익숙하지 않았다.

하여 무영이 물었다.

"퍼스트 나이트의 시험은 어떻게 됐지?"

"합격하셨습니다. 성녀님께서 정식으로 성황님께 관련된 서류를 보내실 거예요. 저희가 '자멸의 언덕'에 도착할 쯤엔 모든 게 완료되어 있을 테지요."

"그렇군."

"죄송합니다만 팔 좀……."

무영이 오른쪽 팔을 엉거주춤 들었다.

옆구리를 타고 조심스럽게 올라오는 수건의 감촉이 나쁘지만은 않았다.

"한성, 그는 어떻게 됐지?"

"일찍이 회복하고 어제 그 궁 안에서 검을 휘두르고 계십니다."

마룡 아르키사의 마력이라면 무영이 기절하고 얼마 안 있어서 회복을 끝마쳤을 것이다.

심장이 뛰었다.

어제의 궁 안에서 검을 휘두른다는 건, 무영과의 싸움을 복기하고 있다는 뜻이다.

그도 무영에게서 무언가를 얻은 모양이었다.

무영 역시 한성의 검술 안에서 작은 깨달음을 얻었다.

"일어나야겠다."

"괜찮으시겠습니까? 아직 몸이."

"몸은 다 회복되었다."

'신성한 축복'이 자동으로 발현이 되었다. 덕분에 몸 자체는 홀가분했다.

방의 벽 쪽엔 새로운 갑옷과 투구가 걸려 있었다.

그것을 보고 무영이 고개를 돌리자 세라피나가 말했다.

"걱정 마세요. 무영 님의 얼굴을 본 사람은 없습니다."

밤잠을 설쳐 가며 무영의 곁을 지킨 것이다. 만에 하나 누군가가 무영을 탐색하고자 한다면 지킬 요량으로 말이다.

무영은 고개를 끄덕이곤 침대에서 몸을 일으켰다.

'신을 죽이는 창이 발견될 때까지 시간이 꽤 남았지.'

그 시간을 유용하게 사용할 기책이 떠올랐다.

"한 번 더 싸우지."

궁을 찾아간 무영이 한성을 보자 대뜸 싸움을 청했다.

검을 휘두르던 한성의 눈썹이 휘었다.

"자네, 그러고 보니 말을 잘 못 한다고 하지 않았던가?"

"……."

"그게 말을 하고 싶을 때 한다는 소리였군."

무영이 품을 뒤졌다. 이윽고 현자의 비약을 꺼냈다.

"받아라."

"어제의 싸움에서 네가 졌다고 생각하는 게냐?"

"그렇다."

"아니다. 내가 졌다. 그러니 굳이 비약을 줄 필요는 없다."

한성은 고개를 저으며 품에서 칼 조각을 꺼냈다.

하지만 무영은 그것을 받지 않았다.

승자에게만 주어진 권리.

그러나 어제의 싸움은 누가 봐도 무영의 패배였다.

"내가 졌다."

"어허, 내가 졌대도."

둘은 고집을 꺾지 않았다. 스스로가 패배했다고 자인하는 꼴이지만 둘은 한 치도 물러나질 않았다.

"내 쪽이 먼저 쓰러졌다."

"누가 봐도 동시였다."

"먼저 일어난 것 역시 그쪽이다."

"내가 아니라 아르키사의 마력 때문이었지."

"너는 본심을 내지 않았다."

"너는? 말이 좀 짧…… 흠, 하여간 그건 너도 마찬가지 아니냐."

"내가 졌다."

"말이 안 통하는 친구로군."

한성이 혀를 차며 고개를 저었다. 하지만 그의 입가는 옅은 미소를 띠고 있었다.

"어쩔 수 없지. 한 번 더 싸워서 결판을 낼 수밖에."

마침 한성도 어제의 싸움을 되새기고 있었다.

무영의 싸움은 한성이 겪지 못한 종류의 것이었다.

그리도 처절하고 공격적인 움직임이라니!

"아무런 스킬도 사용하지 않겠다."

"말 그대로 '순수'하게 임해 달라?"

어제와는 또 다른 규칙이 정해졌다.

무영은 고개를 끄덕였다.

"재밌군."

한성이 검을 소환했다.

이번엔 쌍검이 아니다.

열 개의 검이 나타나고 이내 합쳐졌다.

십검(十劍).

백 개의 검을 합치면 비로소 진짜 백검이 완성된다.

그것이 백검의 진정한 의미였다.

그중 십검을 사용한 것이다.

십검을 드러냈다는 건 무영을 진정한 적수로 인정했다는 뜻!

어제와는 분명히 다른 태도였다.

"그래도 내가 사용할 검은 내가 골라도 되겠지?"

끄덕!

무영이 허락하며 비탄을 뽑았다.

그르릉!

비탄이 더욱 거칠게 울었다.

궁에서 지낸 10여 일간.

무영은 매일 싸웠다. 한성과 검을 부딪쳤다. 그리고 하루가 다르게 성장해 나갔다.

무언가의 도움을 받는 게 아닌, 순수한 성장.

한성은 매일 달라지는 무영의 모습에 혀를 내둘렀다.

하지만, 그는 무영의 얼굴을 보려 하지 않았다. 그다지 궁금해하는 기색도 없었다.

그 이유가 못내 궁금했다.

10일이 지나고, 무영이 물었다.

"내가 누구인지 궁금하지 않나?"

"궁금하지 않다."

어째서?

무영의 눈이 그리 물었다.

한성은 피식 웃었다.

"살다 보면 여러 종류의 사람을 만나게 되지. 그저 스쳐 가는 사람은 알아봤자 별 의미가 없다. 그리고 계속 만나게 될 사람 역시 일부러 알려고 해봤자 별 의미가 없다. 어차피 자연스럽게 알게 되기 때문이다."

너는 어느 쪽 사람 같으냐?

무영은 그제야 한성의 말을 이해할 수 있었다.

한성은 무영을 '계속 만날 사람'으로 생각하고 있었다.

'비슷한 길을 걷다 보면 계속해서 만날'이라고.

당연히 자연스럽게 무영을 알게 되는 날이 올 텐데, 잠시의 궁금증에 억지로 알아낼 필요가 없다는 거였다.

한성이 궁의 바깥에서 석양을 바라봤다.

사악! 사악!

마침 아르키사가 날갯짓과 함께 하늘에서 내려왔다.

한성은 천천히 아르키사의 위에 올라탔다.

"나는 이제 떠나야 한다. '현자의 방'으로 가서 용들의 왕께서 부탁한 일을 알아봐야 하니."

"이게 없어도 되는 건가?"

무영은 한성에게 이미 검 조각을 받은 뒤였다.

무영 역시 한성에게 현자의 비약을 건넸다.

어쩌다 보니 물물교환의 형태가 됐지만 검 조각은 '용들의 왕'이 부탁한 일을 해결하는 데 필요한 물건이지 않나.

그것을 시원스럽게 줘버린 게 걸렸다.

"대충 복사해 놨다."

걱정하지 말라는 듯 한성이 손을 저었다.

그러자 검 조각의 형태가 손 위에 생성됐다.

백검은 저처럼 검을 복사해 낼 수도 있었다.

100%는 아니어도 80~90%가량 '흉내'는 낼 수 있다.

"이걸로도 완벽하진 않지만 알아보는 데 이상은 없을 것이다. 그리고."

한성이 고개를 돌렸다.

멀리서 펜드래건을 비롯한 이들이 달려오고 있었다.
“내 제자는 꽤 집착이 있는 편이다. 죽이지만 말아다오.”
크르릉!
아르키사가 짧게 울었다.
수아아아악!
날갯짓을 시작하자 주변이 들썩일 정도의 강풍이 일었다.
이윽고, 용군주 한성이 올 때와 마찬가지로 바람처럼 떠나갔다.
물론 그냥 가진 않았다.
‘다음에는 제대로 된 승부를 내자’고, 그가 입모양으로 말했다.
‘제대로 된 승부라…….’
싫더라도 그럴 생각이다.
다음번에는 전력으로 임하리라.
그러니 한성 역시도 모든 걸 내보여야 할 것이었다.
언젠가는. 반드시.
무영은 강하게 주먹을 쥐었다.

to be continued